時間的傻姑娘

唐寅九——著

名稱：香港2019
規格：106x110cm
材質：布面丙烯、水泥、砂及膠帶
年代：2019
繪者：唐寅九

自序
詩歌的整理

我大學期間開始寫詩，三十餘年的折騰，幾乎所有的詩稿都已丟失。這當然是我的遺憾，我得說我的某段歷史也丟失了，我因之成了一個面容模糊的人。一九八八年我從新疆去北京，火車經停哈蜜站時上來了三個劫匪；為了保護背包，我居然徒手和他們打了起來。結果不言而喻，我被打趴了，左腰遭到了鐵棒的重擊。到了北京，因為尿血住進海軍醫院，才知左腎已因外傷破裂……

那個時候可真年輕！我捨命搶回來的背包，除了幾件換洗衣物，便只有我的詩稿——我孤獨而憂傷的詩稿。如果當時我再頑強些，遭受的一定會是更多的重擊，我甚至可能因此喪命。如果我死了，會有人相信我是因為詩歌而死的嗎？會的，至少當年的三五個好友會相信，他們會在一個有蠟燭的追思會上默認我為詩歌的烈士，也會在我的墓碑上刻下我喜歡的某句詩。我僥倖沒有死，之後又活了若干年，活到了寫這篇短文的時候。雖然當年沒有死，但不久我便放棄了寫作。我沒有成為詩歌的烈士，卻成了詩歌的棄兒。多年累積的詩稿丟失了，這個事實告訴我詩歌對我而言其實是不重要的，否則它怎麼可能丟失呢？詩歌丟失了，可以毫不誇張地說，我的熱血、勇敢、可歌可泣的青春也已一併丟失。一九九三年之後我幾乎沒有再動過筆。我知道倘若沒有詩歌我的青春便一無是處，可我的生命呢？也會因此而一無是處嗎？當然不會，我這一生比一首年輕時的詩可要重多了。所以多年之中我對那些丟失的詩稿總的來說是釋懷的。我記掛的是詩而不是詩稿，我對寫與不寫持無所謂的態度。可這樣的無所謂卻使我的生命產生了斷崖式的忘卻、某種偶然而來但一直在重複的悸動和越來越深、越來越痛的思鄉之情，我這才知道詩歌是我的家園。

因為編這部集子，才知選詩之難在於刪除。想刪而又捨不得，這部集子居然還是超過了三百頁。手起而未能刀落，我對自己是不滿意的。這部集子選詩計一百二十四首，大部分都是二〇一九—二〇二〇年寫的。這兩年我住在香港，這些詩當然免不了疼痛與憂憤。

我常常感恩歲月的饋贈，包括它讓我們丟失了一些東西。該來的來，該去的去；丟失的去處是得到，正如生是死的去處，死是生的歸途。這部集子最終取名為《時間的傻姑娘》，正在於與時間的和解；時間是我們的伴侶也是我們的大敵，現在我輕撫它，淡淡地說：唉，你這個傻姑娘！

唐寅九

二〇二一年五月六日於臺北

目次

拾遺：二〇一七年之前

紀念——致切斯瓦夫．米沃什

1

只有我劫後餘生
在一座城市殘餘的陽光下
讀著你的詩
只有我流亡的手
從北天山下的戈壁中流出
而淪落在貧窮的小巷子裡
在淒冷的天空下淚流成行
一切都是古老的……

但孤獨在酒中看穿了現實

猶如歌聲穿透了可憐人的心
沒有音樂的日子
樹葉和花朵都彷彿是贗品

樓房超然的體魂，麻醉師的瓶子
我站在日光燈下，像一個冷縮的音符

我體內倖存的東西在蠕動
在冰層下稠密得像血漿

2

是時候了——眾鳥齊唱
迴盪在波蘭的山山嶺嶺
那半瘋的人，從喪失幻想的人群中
急忙趕往玫瑰花的營地

樓房的陰影

一群亡靈在咖啡館聚會
只有你清澈的耳朵
聽清了他們激烈的爭論
只有你引領他們，在秋天的曠野上
升起歌手的帆，猶如壯烈的安東尼

潰敗的衣裳　掛落在原野上
貓頭鷹的叫聲刺入沒有星辰的黑夜
你的呢大衣搭在暗紅色的椅背上

你，多麼遙遠而光榮的心
在我們的神經上滴著紅如玫瑰的血

此時，我已起身離開
和一位乾瘦的瞎子
消失在冷清的小巷子裡……

墓地

那些遺憾的死者
已來到我爐火微紅的書房
他們模糊的身影
在雪地上忽高忽低

他們的一位兒子和幾位孫子
從山谷中走出　那綠色長眠之地
刮起了一陣冷風——
緩緩掠過我的院子

睡眠之神搖著一把破扇子
襤褸的衣裳在腦海裡飄動
各種怪念頭如泡沫般瀰漫……

死者是溫和的——他們
一會兒在池塘邊走動
一會兒穿過了陰暗的閣樓
長長的頭髮和夜色混淆
他們青幽的翅膀在空中飄蕩
雪地上反射著墓地的光芒
樹枝在冷冽的空中發出輕脆的響聲

我揣度他們的來歷
和他們從容交談活著的意義
頭戴雞毛的神氣的死者
陰沉而叛逆的死者
都聚在一支蠟燭下
像嬉笑的，看破紅塵的隱士
輕輕發出落入水面的精緻歎息

老了而已

若莎　我的沙
我的氣息如蘭的女友
被月光浸亮
在指縫間流逝

我的歌隨一匹馬倒下
我佈滿鹽漬的星辰
詩歌的傷口
如乾涸的泉眼
等待夢中的身影

如一絲安慰
舔著我的手指

如一個影子
陪著另一個影子
北京與波士頓相對無言

但我們的手纏在一起
我們的根
因老了而發芽
我們的凝視
因知足而潮濕

並持續到
下一輪命運

你瞧，遠去的　瘖啞的樹
在秋霜鎖住的水邊
你瞧，你的風如此細瘦
記憶的門一扇不如一扇

向南　自棄如詩人

你瞧，我久坐在北京的寓所
像冰箱裡的一條魚
因寒冷、僵硬而舒適地睡了
因死而留下了一道印痕

那邊　光禿的蕁麻疹和苦楝樹
你和我
依然在水邊
歷經四季　老了而已

遁世者

為什麼呢　你這樣不幸
為什麼呢　你觀賞著死亡的風景

為什麼呢　你正在消亡
在深邃的落葉間被人遺棄

當你推開那扇鐵門
月光像殘骸靜臥在花蔭裡

為什麼呢　你諦聽著寂寥的星辰
現在　孤獨這樣清晰
現在　你可以想像人間的宴席

哈爾交

1

哈爾交，我夢見你
折斷路過的楊柳枝；
哈爾交，冬天的嗜眠者
我隨你已死去一回。

荒原上一排土房子，炎炎夏日
煤在地下燃燒
日光的粉塵在乾灼的風中落滿屋頂

你，逃亡者和殉情者

十隻羊和一條狗
全浸泡在絕望的烈日下

你地窯中清幽的涼爽呵
從老家移植的土豆、大蔥
從牧羊人身上感染的孤獨……

我是無力的，我在你長年的沉默中
讀過幾本荒唐的書
我像古埃及傷感的術士
在岩石上，夢想著無邊的情人的身體

2

哈爾交，你騎著馬，在明月下
如一頂膻味濃郁的帳蓬
永世永生，在飄泊，在吟唱

你蒸發的夢的實體，露出一位男人的牙齒
喝著馬奶子、茶、泉水

現在，我頹敗的詩歌
靜聽你孤小、堅忍的泣訴

你飛撲的媒屑，暮年的欲望
向南，裂開著一道又一道口子

你將死於乾渴，死於植物的花蕊
你因敏感而死，同時
你的一位男人和一位女人
又在漫漫黃沙中遷往另一座小鎮……

注：哈爾交，新疆布爾津縣的一個小鎮，產煤。

貓

不止一年
我想給你下個定義
等於給你加上孤獨、恭順
和一點兒慵懶的幸福

秋風在院子裡吹
一個人在暗處乞求
我看見你蜷伏的樣子
與我冥想的愛人相彷彿

你不對我說話，你和我
太熟悉這苦難之魂
遠處，有人在舊樓上咳嗽

這無可告慰的黃昏
使你面帶倦容
人又何曾有過星空
在這幽暗的表達的長廊？

冬天

這日子太短了
金色的光線已退入黑夜
大地上堆滿了骯髒的冰塊
我還能不能安慰春天的人們呢

我鍾愛的季節那樣短命
可愛的臉轉瞬消失
樓道變樣，一條長長的地獄的走廊

好冷呵，身著棉襖的魚躺在烤箱上
手指也喪失了音樂
少女們落入了冬天的歷程

冬天，冬天停止了罪惡的寂靜
冬天你能面對什麼
你沒有門，你的窗子怕冷
園子裡的花害怕新鮮空氣
園丁和花朵一一凋零

我沒有辦法
我在雪峰之下生活了多年
我和覓食的麻雀為伴
我越走越遠，越遠越警覺

此時你在火爐旁思念的那個人
住在一座秋天的古堡裡
片片落葉吹滿了他的房間
他在戀愛著怎樣的一支蠟燭
又在哭泣怎樣的一位歌手呢

沙勒維爾

沙勒維爾，你這被神纏住的癡人
像一位耽於幻想的少女
在鏡中掐碎心愛的花蕊

失敗又潛伏在你的夜裡
螞蟻朝記憶發起了進攻

沙勒維爾，你這被神纏住的癡人
暴雨中裝著失散的情詩
和浪漫時代的遺願

攀登著荒涼的岩石
流浪者被黃昏收留

被沙勒維爾的山頂

沙勒維爾，你這被神折磨的癡人
在閃電的拐彎處喃喃自語
夢的敗血症……
一路上小鳥在陽光下顫抖
沙勒維爾，你這在荒塚間踱步的癡人

在沙勒維爾
冬天蠶食著你的肺
烏鴉在樹枝上訴苦
無家可歸的酒在天邊外生輝
沙勒維爾，你也被非洲的膝膜炎纏住

注：沙勒維爾，蘭波的故鄉。

傷口

我觀察這些傷口很久了
它們是一道道溝壑
一條條彎曲的碎石路
滲血的口子，皮肉翻開
呈現出肉體的脆弱

一些傷口是愛的傑作
另一些是離散、背叛，是刀或時光的微笑
我觀察它們，看到它們咧嘴傻笑

一些傷口隱藏在無法包紮的暗處
與陰雨天合謀，看似陳舊卻極端任性

一段旅行之後

你坐在一塊石頭上，四周景色渾然
你看見的傷口竟如此多情
它作　它嗲　人發了瘋便會使人臣服

另一些傷口桀驁不馴
正在某處吐著紅色的信子
它們彷彿在說——
此時是傷口　彼時一定是花朵

黃昏從遠處過來　往事從身邊過去
挾持我們的不過是事物的兩面
一面是白天　另一面是夜晚
一面是疼痛　另一面還是疼痛

顫音

你曾經聽見的顫音
來自一條白色長廊
它的盡頭是一位金髮少女
和一把藍色的豎琴

你曾經聽見的顫音來自一面白牆
那是擊打的聲音和扭曲的臉

一個人和一個世界的孤獨
讓任何一面牆都能發出顫音

此時房屋驚醒
遍地都是夢魘

一隻鳥飛過
一道指痕再次在牆上發出顫音

二〇二八年之後

清明

那遙遠的聲音宛如輕撫
卻在半空中突然停下
一個人的指關節被打斷
一隻鳥在空寂的日子裡翻飛

我想起那個老人陰濕的房間
他的斷指還在彈奏他的琴鍵
他活著從不為人演奏
他說你們可以把鋼琴抬走
但我不去演奏

當他們抬走他的鋼琴
當黑衣人抬走他肉身的棺材

當數年後我走過那條街道
那遙遠的聲音宛如輕撫

此時我的左手在摸索琴鍵
右手在摸索一張幻鏡中的臉
一個人的指關節被打斷
一張臉在夜空中自話自說

從一個城市到另一個城市
我總能聽見那遙遠的聲音
那是鋼琴和一截斷指的混響
那是記憶從海上飄來的腥味
那是清明節一天比一天臨近
那是喪魂落魂的世界在無端嘶喊

那遙遠的聲音宛如輕撫
令我一天比一天不安
直到朋友圈滿是清明節的照片

一個人伸出斷指，彷彿在說——
故人何在，青團拿來！

齊步走

我一遍一遍地練習齊步走
我所說的都是陳詞濫調
猶如一片浮雲進入輪迴
月色疏朗，看不見一點新顏色
我終於將這一生練成了一片灰暗

我也曾反復練習過雄心、瘋癲和做夢
靠胡言亂語給自己壯膽
靠杜撰小說延年益壽
在老舊的情節中習慣了孤獨

今天我外出見人
看見死亡在地鐵上飛馳

它實在太快了
問題是它不斷反復
剛從頭到尾，又從尾到頭
我從沒將死看得如此真切

當我感嘆生死有命　萬物有時
我知道我和大夥兒一樣
短暫的一生僅適用於練習
像大多數囚犯日復一日地練習齊步走
如果有上帝，它所要求的也只是習慣與紀律

如果

如果和夜色打賭
我一定能說出你的夢
如果閃電仍在手中
我就能撫摸你空乏的身體

如果燈能讓黑夜變亮
如果我能拽住你
如同水波拽住煙

如果能把山拉直
我就能揮動雲彩
我就會有一面旗

如果脊椎發出脆響
橋斷裂，我就只剩下疼痛

那遍地的殘渣
逃竄的文字
撕裂的面孔和影子
全是今夜的狂語
它讓我吃掉碎玻璃
讓我這把老骨頭像良心一樣扔出去

扔出去，扔出去喂狗！
站在荒涼的蒼穹下
我在表達野狗成群
並且，借喬伊斯的句子
借卡繆的鼠疫之城
借泣血的夕陽和尖叫的星星
借無可借，我在表達如此膽怯的良心

恍若噩夢

這個恍若噩夢的世界
樹葉承擔不了露水
人承擔不了悶熱
一場哭天搶地的暴雨
就在眼前
不在昨天或者更糟糕的明天

我萬分沮喪地想像著
它將怎樣沖刷著這塊土地？
同時將泥塑的愛情插入一個女人的子宮

她那麼強烈地抽搐著
羞辱地咬著嘴唇

我聽見了最無辜的哭聲
好吧，我剁掉手指
揚長而去
去無可去
這一生恍若噩夢

畫室

這麼早起床
這麼空洞地面對來歷不明的一天
看著昨晚的小稿
那些從畫布上跑出來的面孔
多麼乖戾，多少失眠，多少衝突！
她們的五官照舊模糊
一旦我試圖將鼻子畫成鼻子
將眼睛畫成眼睛
嘴就必定張開
像一塊炸裂的石頭

我捕捉的形象如此癡情
被神折磨得如此疲憊

那些反復切割的頭顱
在不斷損壞的身軀中得到過詩人的垂憐

可接下去便遙不可及
接下去僅此一筆
剩下的交給那些未及定義的人們
他們躑躅在蒼茫的大地上……

失眠

我看著它，睜大眼睛看著它
我應該瞭解它的秉性，正如我瞭解
某張吱吱作響的床
一個人手持鋼刀，看見的卻是遍地雞毛

它呈現的樣子彷彿是鏡中的你
子夜時分乾坤顛倒
留在雪地的足印，會引你去更遠的地方
你將看見一片斷崖和瘋了的雲

春夏秋冬，又一張美人臉
又一把利劍掛在窗前，又一個夜晚如此多餘
你看到了一個國家的城牆與雄心

任何一個時代都有人千里單騎
你總是輾轉難眠
一條街通往天國，一群人指手劃腳

逝去的已成頑疾
一棵樹在雲瑞
一個人在水邊
全倒在了前往彼岸的路上

胡言亂語過了此生
半夜裡揮斬聲聲歎息
多少英雄曾聚沙成塔
天一亮便散成一片

前生與來世

現在我們來說說來世
說說那個瞎子和那條河流
說說那些逝去的閃電和裸露在山脊的岩石
一片雲在山頂看著我們
像胎記一樣的雲，停泊在廣闊記憶裡的雲
這些都是來世的光
與含糊、塌陷的今生迥然不同

現在我們來說說前生
說說那個被狂風捲走的村莊
說說傾斜在冬天的窗戶和墓地
它們與今生只有一步之遙
是隱藏在某個夜裡的祝福

前生和來世
一直在盯著我們
它在看我們的背影、腳趾和伸向半空的雙手
他們的笑容是那樣深
像夢囈一樣，並且漆黑

如果用一根繩子去丈量
我們會瞭解一棵樹和一座山的高度
如果用前生和來世去丈量
我們的今生便如此無辜
我們的頭在前生的山坡上
腳卻在來世的倒影中

對一個城市最明確的記憶

在一個城市斷魂
一扇窗戶說關就關
一段記憶說碎就碎
你在逃亡中對峙
在對峙中看見高樓倒塌

在荒涼的曠野中
回望某種傷痛　一段戀情和一個個
比內心　比你　比未來還黑暗的夜晚
掐掉最後一支煙
同時扯掉那個城市套在你脖子上的、血紅色的臍帶

昨天，一陣風把我三十年僅存的一封信刮走了

我把一個凶殘的早晨提在手上
把一串鑰匙掛在一根生鏽的鐵管上
把你扔在一個令人心悸的路口

下午三點
一個人化作了一攤泥
那又有什麼？
反正你的一生已如此尖銳
反正人人都如履薄冰
你看見的結尾一塌糊塗，而且毫無意義

十四年前的未了心願

十四年前的未了心願
隱藏在一面鏡子中
你照鏡子的那個瞬間
麻雀飛起又落下

傑克是一個語義含混的人
講美式英語，做不給糖果就搗蛋的遊戲
十四年前的未了心願
藏在紅色樹枝上
一些不明來歷的字母
搖曳在藍色天空

凱瑟琳坐在飛往神戶的飛機上

看《不可能的任務3》
用劇情演繹；
十四年過去了，她那這顆小小的
小小的心
依然黯然神傷

在香港機場的環亞貴賓廳
我想起了當年在印度的一個晚餐
我似乎看見過很多留言
記錄了各種未了心願

模棱兩可的傑克和凱瑟琳
曾多次引用波赫士的寓言
十四年前的未了心願
藏在波斯的一個花園裡
那美得醉人的廢墟中

很多人按圖索驥

來到這個古城
他們講各種毫無關聯的事情
我得說我從不認識傑克和凱瑟琳
也從未聽說過什麼未了心願

當我看見那片田野
看見那些飛起又落下的麻雀
便會想起那些被樹枝擾亂的面容
在鏡中，我聽見了多少碎裂的聲音！

空

這個詞一經出現
我就會看見——
四面都是鏡子
一道光與另一道光折射在一起

一說到播種和收穫
它就會站在盡頭
像一個洞悉世事的老人
像沉重歲月拄著的一根拐杖

白天在辛勞中下沉
正如夜晚在夢裡上升
在那面鏡子裡

你只是一種生息

多虧了它廣大的靈性
才得到如許清新
萬物流轉，濁氣逼人之間也有草木芬芳

我轉身，便聽見它——
流經混沌的身體
像幽暗的洞穴中無限神祕的水滴——
空！

一日三頓

一天三頓飯
一些人在觀察
另一些在發表評論

樓房越建越高
一些人忙於邏輯
麻醉師心中有數
下一場手術定在了凌晨四點

我走在樓與樓的夾縫中
一個聲音讓我抬起了頭
我看見的那道光
或許正是你所遭遇的不名飛行物

一些喜歡寫文章的人
在沉重的夜裡翻身
他使用鍵盤和鼠標
描述幾件天人相隔的事情

一切都沒關係的
親愛的，沒事的
我們坐在床上
窗外的雲飄著我們的身體

當然了
關於愛情與生活你一定有話要說
你想寫下今天的街景
也寫下與昨晚打嗝有關的事情
可你的心事太重，你情不自禁地哭了
你在舞臺上高聲歌唱時

我正在隔壁的天臺上放屁

好吧，關於今天
關於一日三頓
關於那個嗝和你的歌聲
關於那支鵝毛筆

你永遠都在觀察和評論
可你必須面對並承認——
你的心已離這個世界越來越遠
麻醉師自有他自以為是的邏輯
某些人可能拉完了一生的屎
卻始終不知道廁所的來歷

我所知道的某個時刻

我所知道的某個時刻
管道工一直在修下水道
廣場沒了主張
噴泉被腰斬
一幢樓對著另一幢樓喊話
疲倦像個裱糊匠

這樣的時刻總有人嘶聲流淚
這樣的時刻像被扔掉的煙蒂
一隻鳥站在塔尖上
一艘船在迷霧中鳴笛

鍋爐在咳嗽

一個人坐在海邊的石頭上
陰天停在他的背上
他的背灰濛濛的

如此模糊的一個人
聽見了大海的咆哮
他還不知道他的母親已經死了
他一直在碼頭上努力掙錢

那個管道工從豎井裡爬出來
和他打了一個照面
管道工身上的汙水滴在地上
他看著他——
兩個想和對方打招呼的人
一個剛從下水道爬上來
一個剛從海邊的石頭上走過來

一個說某幢樓漏水了

另一個說他聽見了大海的咆哮
轉角處是一位發呆的少女
這樣的時刻被夜行者扔在了路邊

我所知道的某個時刻
正被另一個時刻擰緊
霸氣側漏，不少人的心情一場糊塗

天黑了——悼靳之林先生

天黑了
我在尋找一件東西
也在觸碰某根引線
某些細節將被引爆
某種憂傷將被拖出記憶

我會將一束花放在你的墳前
也將在一首詩中使用憤怒的字眼
某年某月某日
我們曾將一顆紅心塞進了西行的火車

今天　在臺北
在大地的撕裂聲中

我獨自一人
獨自一人和海浪乾杯

可是看呵，先生，在遼闊的原野上
你看見草垛和雞冠花
看呵，先生，你看藍天和飛雪
看一顆星星挨著另一顆星星

看一個獨行者穿過叢林
穿過燃燒的石頭和溝壑
看一個人站在高處
看黃河東去，一隻羊站在懸崖邊……

你畫下的每一筆都像是在攪動
你拖著一塊巨大的帆布
用盡全力在黃河上游攪動

那些被打斷的骨頭

那些潑出去的的色彩
直讓人聽見奔騰的聲音

我想像一個人的激情
想像一首詩在綿長的山巒中斷開
你架在山坡上的畫架
一次又一次被狂風刮走
你為此哭了三天，第四天昏迷

夜色緊繃，一條命接著一條命
閃電令廣袤的大地火光沖天
一個人將自己燒成了灰燼

之後，萬物甦醒
花粉在光中揚起
可是看呵，先生，看看你最後一幅畫——
天黑了，一重浪接著一重浪
我們在和海浪乾杯！

維梅爾及其他

這男人很悶
這棵樹和這個城市很悶
上午密不透風，下午舊城的一條街塌陷
你登上屋頂
迎著風，打開了一部詩集

打開一部詩集需要怎樣的心情？
今天需要一把薄薄的利刃
這條街道需要尖叫
三個人在地下車庫悶聲手淫
一朵花在暴雨中遍體泥濘

哦，維梅爾

你的光來自一封信
你那顆內斂的心來自珍珠的喃喃自語
一個人的天賦被一隻手控制
為何不澈底浪費這一生？

什麼樣的心靈經由時間可以釀成一罈美酒？
什麼樣的月光可以使一個人淚流滿面？
在汨羅的一條河上
一個人寫下了四行絕美的詩句

一個如此固執的人正沿著那條河哀嚎
另一個比他聰明
他圓滑、隱身，在十七世紀的荷蘭
畫下了一張張人臉和風景

今天，一行人依著神的樣子說謊
逛東京的歌妓町，對這個世界虛言妄議
其中一個突然大聲說——

「你，你說，你說要，你說要我
你說要我的——愛！」

罷了，罷了
這無用的一生和我的同伴都已戴上口罩
他熱愛明淨的窗戶、玩具和春宮圖
一片樹葉愛過一小片浮雲
任何一個人都可以戀愛三天
此時維梅爾走在了去美術館的路上
酒店的汙跡已被清理

事物很快就恢復了原樣
人和牲口各走一邊
你會回到平靜的故鄉
在一個午夜打開屈原的詩集

可是那些自以為是的人
在如此虛幻的人生中依然會問——

打開一本詩集需要何種心情？
你已憤然而起
扭過頭去……

上野美術館

一個熱愛藝術的工科生和他的女友
天黑前來到這裡
他們深一腳淺一腳
走在那條小路的邊沿

記得他們曾發生爭論
工科生最終失語
他的女友離開
街上亮著一盞昏暗的路燈……

那是十年前的一段舊事
那個時候他們關心愛、創造與生命

今天我再一次走在它的緩坡上
看見另一對情侶的笑臉
一個說：我不要真相，只要快樂
另一個低下頭，親吻了她的髮際……

在上野美術館
通過魯本斯宏大的畫面
可以看見尼德蘭神祕而幽深的森林
在美術館外
我看見不少老人與孩子
也感受到至愛之人的心跳
他們的臉頰曾經貼得那麼近
他們的手放在了對方的手心

一個地名和一幢建築具有如此微妙的含義
那片樹林依然如此茂盛
今天有幸參觀孟克的展覽
看見恐懼　絕望　不安　接吻和吸血鬼

此時如果我吻你
你一定會感到悲傷

當我再一次坐在那棵銀杏樹下
美和心靈的祕密變得遙不可及
但我知道若干年後
當我再一次，再一次來到它的跟前
那群鴿子仍將如期而至
那些金黃色的落葉仍將在風鈴聲中翻飛

唉，多少人曾迷失在對它的想像中
多少人表達過對可敬事物的畏懼
一個展覽源於一個約定
任何一種約定都會在它裡面逃離
我知道總有一種光會引我到遙遠的地方
也總有一種憂傷停留在它青灰色的屋頂……

在臺北

此時正在失眠
一個人來到海邊
晚上十點，有人走在忠孝東路上
眼睜睜看著一群背影
它們像一竄竄火苗在大地上躑躅

一個人被安排去一個目的地
飄洋過海的一生
白天註定與夜晚對峙
一個夢把塔樓的驚叫聲拖得很遠

那個走在忠孝東路的人
曾試圖在一個護士的眼睛裡

找回一句遺失已久的詩——
在一面鏡子裡，她俯身
多像那篇〈致愛米麗的玫瑰〉

在臺北的某個西餐廳
我們聽見過熟悉的門鈴聲
也經歷過殘酷、冷漠和尷尬的事情
那時河水流過故園
白日夢飄來一隻空瓶子

更多的憂傷從回憶中飄來
那是我們的家
那是人生的基調
怎樣的歲月讓這一生陰晴不定？
我得承認我一直在等你的消息
一個瞎子能聽見更遠的聲音

房屋下沉，門窗鎖住
所有的事情都來歷不明
當你試圖回憶
莫名的疼痛便透過脊背
再一次呈現那一年的某個早晨

時間揉碎之時
掌心的麥粒飽滿，閃亮
人的一生需要一道光
當你空坐在那幢塔樓裡
當你百無聊賴，折完一架紙飛機

要命的是船已開走
一個人徒勞地坐在那裡
無限深情地回憶一個背影——
那俯身而下的玫瑰！

被囚禁的黑暗

你把我弄疼了
把一條白晝的胳膊弄成了黑夜的石膏
把焰火弄成了請柬，屠宰場弄成了宴席

在寫生課上
一位少年因一隻乳房而扭傷了脖子
因美和白日夢而成了囚徒
你因為哪條邏輯，讓一座城市全是野狗與煙囪？
你坐在鏡中，看見的影像是虛還是實？

夜晚無端地審視你
正如你被一道牆死死盯住
一個人醉生夢死

看見過疆域與疾苦
也聽見了逃往他鄉的馬蹄聲

那個拉開帷幕的人
讓我們看見被囚禁的黑暗
黑得像一個被追捕的影子

像一顆炸裂的心……

早知道活著有多危險
沒有人能飛簷走壁
一整夜我都在聽河水的聲音
一整夜我都窮於思想
一個人被囚禁在黑暗中
要怎樣才會有一個好天氣？

布恩迪亞

我一直在想像你的圓
想像古老而優美的孤線
你神祕，如盲人低語
一位酋長曾說世界是圓的

布恩迪亞，我們明早出發
到幻象中去。繞過大沼澤
將樹木和石頭都看作是圓的
我們也將回到原點

還有多少希望指引著我們？
樹木在雨中瘋長

老虎在叢林踱步
我們，只有我們要去遠地方

越過沙漠會不會是海洋？
布恩迪亞，你從幽暗的黑夜來到我的帳蓬
咒語將我們拋在了島上
我們比任何一隻羔羊都迷失

也比任何一顆星星都明亮
布恩迪亞，不妨想一想
為什麼我們總是在迷路
又總是在往前走？

我撫摸過的圓是乾癟的
像開敗的紙花　被雨淋濕
我撫摸過的梨子和乳房
早些年就已掉在了地上

你的手裡其實從來沒有圓
拉丁美洲的溝壑像眼睛一樣神祕
到處都是熱病和囈語
那年我的表哥被狗咬了
他的骨頭像鼓槌一樣敲打著水面

從南到北　我們夢見月亮
我們再也走不出去
憂愁纏身，布恩迪亞
你走在了往南潰逃的路上

之後你告訴我，你喪魂落魄
被折磨得像一隻翼手龍
早晨四點鐘
它已帶著愉快的叫聲振翅飛去

浮雲之歌

一、銅鑼灣的天臺

有人要將你的小說拍成電影
有人停下來打聽一位少年
在香港，陽光和煦
究竟是什麼在催促？
一根針往心裡鑽
你在攥著什麼？
攥得那麼緊
像一個瞎眼小孩攥著雲的衣角。
飄浮不定的雲，五十歲該坦然面對
井枯了，針扎得很深
你想起那個老人，他在閣樓上死了

一艘船可以去更遠的地方
某個外太空
就像老人曾經說過的那樣；
恐懼不是今天才來
憂愁如此飄浮
你想起那個荒坡
一次聚會，在銅鑼灣的天臺上
你認識了那位來自法國的年輕導演

你認出了湖南的陰雨天
認出了寒霜和古怪的激情
你們談到冬天的田野
一群人在燭光中回憶尖叫聲

這本來只是一次偶遇
一種心情遇上另一種心情
一個時代的的難題
讓另一個時代的人產生了興趣

你抽著煙斗，談吐間偶有笑意
他提出要將你的小說拍成電影
你看著維多利亞港的夜景
看著海邊斜街上的路燈
它們如夢似幻，直至天明；
直至一個人登上半山
在太古城，房價開始微弱下調

你懷疑他能否把握四十年前的憤怒與抗議
你懷疑一個年輕人
他熟悉你小說的若干細節
瘦小的身形與萬丈雄心
像你當年一樣彆扭、呆癡
他似乎有四分之三的中國血統
能用粵語和香港人交流

「這部電影的主題是什麼？」他問
你笑了笑，隔了一會兒才說：

「我不懂白話。」
他又用法語問了一遍
你裝不了了，坦白說：「我不懂法文。」
據說他熟悉你小說的若干細節
或者曾聽某個遠親說過一些事情
他關注一個男人的第一次
認為男人的初夜是一個長期被忽視的問題

早晨在發霉
捲心菜上白綠色的肉蟲聞到了雨水的氣味
整個夏天你都在挖蚯蚓
十三歲的身影在雲端和灌木叢中狂奔

他問到電影的主題，你乾脆說：「沒有！」
你一直反對思維定式（任何一種）
從小學起老師就在講中心思想和段落大意
你的目光曾經越過她枯槁的表情
直接到了那塊墳地

關於主題……
一個導演不清楚他要拍的電影的主題
一個人在聽他提各種疑問
他說必須用一兩句話把主題講清楚
你回答，那是一個十三歲男孩
與二十四歲女孩的故事

有些古怪
有孤獨欲死的夢遺
有閃電的初夜和愛情的雄心
但主要是美、神話、疏離與抗議
是一個病人對另一個病人的救贖

關於救贖
你所想到的便只是秀
她的頭髮長及腳踝
乳房像一道強光

當年在一間黑屋子裡
雷鳴電閃
你夢見自己擊中了她

導演說：「有些東西太哲學」
你笑而不答。

透過咖啡館的玻璃窗
可以看見無數招牌和一條條匆匆離去的腿
觸目所及是高聳入雲的樓房
你不理解那種被稱之為牙籤樓的建築
也不相信它會產生愛情、性
和任何一種有質地的幻想

夢被榨成了魚乾
在四十年前的唐家山
在一間即將倒塌的水磚房
一個男孩偷看過文表嫂圓圓的白屁股

一首詩在乾涸的河流上奄奄一息
你曾經一出門就看見一群死老鼠
你讀過卡繆的《鼠疫》
幾乎會背〈藝術家的悔罪經〉

你問那位年輕的導演
《肖申克的救贖》*是什麼主題？
他愣住了，皺著眉頭
說這麼一問還真講不清楚。

導演說：「將燈光打在看守所的號房」
你在另一篇小說，用了這麼一句開場白
它製造了一種舞臺效果
產生了一種懸念
你對導演說：「也許就該這樣理解生活
它全是碎片……」
雲在高處小便，天氣微涼
主題就是一道光從窗外照了進來

關於電影……你當然熟悉秀的命運
人們在牆上畫她的裸體
再在旁邊畫上男性生殖器

「這主題還不夠嗎？」
你盯著年輕導演的眼睛問。

從一幢牙籤樓狹窄的窗戶
可以看見燈火通明的交易大廳
欲望剛被馬桶沖走
就在股票帳戶上怒目圓睜

「你說的是……意淫？」年輕導演問
每個人都會意淫，這不能成為主題
「好吧」你說，「我們再找找。」

二、秀

今天收到秀的絕筆
字跡難辨，像極了她的辮子
她的腰、乳房、冬日陽光下的紅暈
像極了被剪掉的一切

絕筆意味著一隻青蛙被溫水煮了
你體會不到悲憤之情。
一封信說：「死，是一件真事情」
張棗的詩——「我寧願被舔，
而不願生活。」

情色一直都在
他拋下湖南，去了德國
隨後德國也拋棄了他
這面目模糊的一生
在香港北角的一個展廳

總有驚叫聲從牆上傳來
快樂是麻木的另一副樣子
驚叫聲像鬼吹燈
你懷念你的詩人兄弟，你說：都鬼吹燈了
人呵，應該入睡

長久以來，秀的絕望就像一幅畫
今天它掛在天臺外的夜空中
你再也沒有見過誰有那麼晶瑩的淚水。
在銅鑼灣，一個她從未聽說過的地方
你總是問——
她能否通過愛情或死亡抵達彼岸？
或者你夢遊，揚起一把塵土
在鏡中
人們縱容詩人
對死者視而不見

達米恩・赫斯特的作品——一條鯊魚和一個標題

在博物館，月亮倒映在荷花池
你聽見阿炳的琴聲，徹夜難眠
一個人仍在自言自語——
誰說「生者不關心死者？」

導演問：那長及腳踝的長髮
是否意味著一種傳統和追思？
你說：不，是憑弔！
但秀死於某種炫耀

一種美的炫耀，在另一個人的掌心中
一個噩夢可以抵達另一個噩夢
冬天向來殘忍
美人無助
赫斯特的鯊魚在拍賣
買者是對沖基金的牛人科恩

你會再次想起秀的絕望

它能否穿過三十年的記憶
在博物館，被另一個叫科恩的人賣走？
當然不能
秀不是鯊魚
你也不是赫斯特
一種遊戲進入不了另一種遊戲
一些悲劇變成了錢
另一些變成了泡影

「毛姆先生，生日快樂！」
一大早你就看見微信讀書的推文
看見街道上殘留的英倫風情
有人在祝福，對一個死人
街頭人群魚貫，帶傘
在奧爾巴赫的扶梯上
路燈潮濕，上去的人站在右邊
成排，恭敬，雨傘掛在左臂
一條毒舌在酒中妙語連珠

戰火連年，他的戲照常上演；
一幢古堡成為中心，之後失散
像炸裂的黑夜
幽默和雄心散落一地。
也許某天也會有人對你致意——
「九叔，您好！」
山花爛漫，湧向街頭
那一年柏樺躺在你的客廳
焦躁，瘋癲，半夜裡改了你一句詩——
「他在戀愛怎樣一支蠟燭
又在哭泣怎樣一位歌手呢？」

「一天，我看見一個男人
在一處公共場所的大廳
他走過來對我說
我覺得你現在比年輕時更美
與你那時的相貌相比
我更愛你現在備受摧殘的容顏」

莒哈絲的《情人》，鑽心的疼痛
你曾幻想與她見面
爐火微明，你朗誦那首詩

三、九嶷山

那首詩如刺在喉，從未寫完。
你用了它的韻腳
也用了九嶷山的白雲和淚竹
在你熟悉的神話裡
一個人因死而成為疑問。
悲歡離合，人們總是自作多情
愛米麗的老房子
奇怪的氣味總是不期而遇
白色床單上，有一具乾屍的印痕
那扇窗幾年都未曾打開
人至垂死
才知道忠誠不過是一種自慰

你站在細雨中，等一盞燈滅
這陳舊的表達能維持多久？

「九嶷山上白雲飛
帝子乘風下翠微。」
灰塵揚起
一個時代有一個時代的悲劇。
你遺失了所有詩稿
在西行的火車上
一個憂傷的詩人被悍匪打劫

你遺失了有關愛的記憶
田野上的冰很薄
一個男孩提著一盞燈籠
夢在打滑
另一個在摔跤
她等著你長大
等著矽肺病人咳得眼冒金星

肺變成鉛
結石變成秤砣
水銀落地
垂死之人睜大眼睛

想一想艾略特
他在彷徨中寫《荒原》
——「不真實的城」
普魯斯特一生都害怕新鮮空氣
「荒涼而空虛是那片大海」
你既然還活著
就試著去遠地方，你外婆家
看看那無底的深淵能打撈些什麼？
如果算術好
很容易知道死人一定多過活人
人呵，前仆後繼
終會抵達終點
那時暮色四合

一片沉寂。
舜帝和他的兩個妃子
成了你一生的榜樣
一些石頭上有馬蹄印
另一些石頭被劈開
英雄何以成為英雄？
愛情何以傳頌？
九嶷山的嶷原本是疑問的疑
九疑即很多疑問

你感到自己被忽略了
初二去外婆家
皮膚被感染
表兄弟們在風中打野戰
你蒙著被子
和吊死鬼躲在同一個夢中
老鼠踮著腳尖
你是因為害怕

什麼時候再聽一遍舜帝的神話
讓一生變得明亮
杜鵑啼血　將成就你的詩意與想像

四、在香港

兩年前你來到這座城市
在一艘貨輪的煙囪上
遠處的海岬有一座燈塔
白天它是一個影子
晚上是光
高樓林立
沿海傾瀉的是斑駁的人臉
在深處攪動的是人心
你想不到世界會如此閃爍
燈火變幻
像各種懸疑
尖叫聲尾隨而至

一幢樓裡有數百個帳戶
月有陰晴圓缺
任何好事都隨時可能凍結

紙上財富一片歡騰
逃竄的人影連成一片
「激情是風景中的一點」
你無可奈何，開始迷戀遣詞造句
這座城市以算命聞名
油麻地呈現出撲朔迷離的幻境

一個人將他的命放在字典中
街道冷僻，誰能將斷句還原？
上午約客人喝茶
下午菲律賓人席地聚會
天黑了，有人在街邊燒紙錢
倫敦金成為又一個騙局

那個要把你的小說拍成電影的年輕人
約你在炮臺山的粗菜館吃飯
他到晚了，你在等他
老闆念念有詞
許多鏡子對著你
一個聲音說：「快把它們砸了
再將碎裂的玻璃鑲進畫框。」
大半夜讀《卡拉馬助夫兄弟們》
人性與罪行的辯護詞
你何時才能適應黑白顛倒？
市民在橋下「打小人」
棺材當道
碎東西已經裝好
你找到了一種形式
偉大的作品因此誕生
在巴塞爾藝博會
三個叫科恩的基金經理與你討論價錢
成交從來都是順姦

你假裝不情願，卻已俯身屈就
人呵，終究會向惡勢力低頭

毫無疑問，一部電影需要一個名字
它含義深遠
在某種怪異中具有意義
（或許毫無意義）
拍賣會將以天價落槌
好人與壞人結成同盟
他們交杯換盞，成為彼此的影子
遇上好天氣
一個影子便會牽出另一個影子

一個人夢見另一個人的後花園
審判官在夢裡審訊
珠寶整箱被挖出
波赫士大獲成功！

導演，再來說說那場戲
你認為好演員難求
這部電影怪異而神祕
要不我們達成共識
將鏡頭交出去
你我同時出演。
音樂要傳統
碎了的東西一定令人揪心
當你把一個女人壓在身下
她說：「求求你，對我好一點」
你猜她還是第一次
「去你媽的第一次」——你憤然而起
隨手就將一顆野獸的心掛在了牆上

年輕導演十分滿意這個結局
二〇一九年一月
在銅鑼灣，在某個天臺上
他擬好了編劇、演員和工作人員的名單

想像一部電影將如期上演
海嘯到來之前
他做了該做的
海浪成排逃竄，驚懼的海鳥議論紛紛；
你患得患失
終得以在螢幕上看見三個字
——全劇終。
電影院十分周到
喇叭也很客氣，它恭敬地說——
「小心臺階，謝謝觀影！」

*編按：《肖申克的救贖》臺灣譯為《刺激一九九五》，考慮上下文意，此處保留作者原文。

聲音

聲音在穿行……

一束花的靜穆
一身壽衣
在離地三公分的一塊木板上
一隻鳥在田野上瘦得像一個逗號
那死人話還沒說完
半個紅薯已被一隻老鼠啃得
比這個貧瘠的村莊還難看

桉樹總有大半年沒有說話了
一條老狗既沒有死也沒有活著
在爛泥坑

它發現了一隻破得不成樣子的鞋子
它無力看它一眼
那個掉了鞋子的人
腳像老樹根一樣
飢餓時代沒有任何東西會發芽

在山頂
在那片石灰岩隆起的憤怒之上
一片雲聽見了
聲音穿行的聲音

那毫無希望的天空將下一場罕見的暴雨
聲音已經在遠處告訴我
這個值得期待的消息！

搜腸刮肚

搜腸刮肚，你在尋找一個詞。
你在尋找一頂帽子
和石榴花一樣鮮豔的嘴唇；
搜腸刮肚，你在尋找一張隨水而逝的臉。

早晨，清潔車試圖洗去一天的灰塵
你聞到從腐爛的根莖發出的氣味
想起一個空曠的冬天

想起火鉗、鐵絲和喃喃自語
一個人忘記一件事不足為奇
滿屋子的書，你在尋找的僅僅是一個詞

曾經那麼熟悉的一個詞
熟得像窗前的眼淚
像石頭壓著的一條腿

可你記不住了
就像幽暗的前世
搜腸刮肚，你在尋找石榴花的嘴唇

你會用剩下的半條命去尋找
那個詞像一個人的頭像
或者被海風吹散的淚水
如果沒有記錯
它們應該埋在了一棵樹下

問題是你永遠也找不到那棵樹
無根之人不可能找到一棵樹
搜腸掛肚，你在尋找是一個詞

你已經找了大半生
幾乎忘記了所有事情；
那個詞在一句話裡如此關鍵
你會一直找下去

可你早已忘記那句話
它似乎與山頂的雲有關
也與那根鐵絲和那張丟失的人臉有關
那張隨風而去的頭像
曾經掛在祖父的房間裡

進入黑暗

進入黑暗
你將聽見鴿子的咕咕聲
你萬分好奇卻又猶豫不決
遠處彷彿有人在說話
你聽見了火焰的喘息
想往前走卻因恐懼而發冷
進入黑暗，你的雙腳開始打結

進入黑暗
一定會有人在看你
微笑或者冷嘲
你全然不知卻分明聽見了
——何人在玩這鬼魅的遊戲？

什麼東西在撕扯你？
刀和風摩擦
所有風景都如臨深淵

你靜下來，開始觀察
試圖觸摸邊界可它廣大無邊
進入黑暗
你會聽見歌聲
臉和鐵摩擦
你的雙手開始發白

如臨深淵的是你的過去
進入黑暗
你抬腳可腳不是你的
你像幾十年前的僵屍
沒人會問你死過幾次

黑暗無邊無際

如臨深淵的是你的現在
你試著吶喊，試著往前走
一群人面容模糊，一排樹在街上跑步
進入黑暗
你會聽見各種哭聲——
「一個人用鉛彈瞄準你，他瞄得真準！」

你會想到孩子、花園和醫院的長椅
即將倒下的絕不只是樓房
如臨深淵的是你的夢想

進入黑暗一定會有人看著你
伸手所及的是蛇
讓你恐懼的是未眠的心
進入黑暗你要珍惜愛情
如臨深淵的是你的生命

你感覺你還活著
進入黑暗你是一根繩索
什麼人在屋裡呼叫？
沒完沒了地叫

如臨深淵的是你的墮落

你熟悉的燈突然點亮
你站在了黑暗的中心
從來都是，任何時候，任何地點
如臨深淵的是整個世界
醫生在發抖，法官在找人
一群影子在角落裡看你

「清晨的黑牛奶我們上午喝
我們下午喝，我們晚上喝
我們喝，喝，喝」

你似乎明白了
煤在地下自燃
如臨深淵的是成群的人臉
——「死是來自德國的大師」
黑暗之巔，大半夜突然火光沖天

注：本詩引號中所引用的皆為保羅・策蘭的詩句。

夜裡

夜裡，你所能摸到的不明之物
經由你的記憶和夢想確定
你說：桌子，這是桌子
可沒有任何回應

有種鳥或許會看見你的動作
看見你摔倒，連同桌上的畫冊

一顆星星同樣在觀察
在測驗你黑暗中的脈搏
你的心還在跳
光明之舞如水波洶湧

你所能看見的都是羈絆之物
在黑夜，萬物消遁
可一切都還在
包括神　鬼　半人半妖的面孔

也包括靈魂
那些折磨你卻又呼嘯而去的聲音
會將你的身體喚醒
可你碰到的依然是不明之物
你試圖辯別，卻一無回應
你摔倒，又爬起來
墜入黑夜如同墜入夢中
你會再次醒來　天也會亮
那滾滾紅日將碾過生死之地
並對你說：先生，早安！

冰糖

我很得意，我說：冰糖
嘴裡發出嘎巴嘎巴的響聲
一個人曾和冰糖討價還價
冰糖在糖罐裡沉默不語

多少年過去了
當我在月光下憂傷失眠
當我的味蕾像人臉一樣麻木
當我的生命像生鏽的錢幣
發出墜入黑夜的聲音

我走在黑壓壓的人群中
在茫茫的大海上

不知從何處傳來那消失已久的聲音
我流下眼淚
無限深情地說：冰糖，冰糖
嘴裡再次發出嘎巴嘎巴的響聲……

短歌八章

一

將已經歷的事情折成一隻船
將最深的絕望變成一個遊戲
讓我們再賭一賭——
當一切都不好說的時候
天依然會亮
黑夜照舊會來

二

孤獨一如既往　憂傷如影隨行
跟隨我們最久的是我們的影子

它從未離開
即便在陰天
也能讓我們看見自己

三

我不理解花開
正如你不理解日落
沒有人提供答案
我們與困惑為伴

白天升起來
夜晚沉下去
我們已過了一生

四

寫這些詩是因為生命碎裂

好心人曾將它縫合
你看見的最完整的木乃伊也是碎的

當你將是非善惡連成一片
你會發現它們不過是問題的另一面
也許你會寫一首長詩
一天過去　你畫了一個逗號
另一天過去　你一逗到底

中間沒有任何文字
你該學會不下斷語

五

我曾經見過奔逃的羚羊
見過它倒下時留下的眼淚

我一直想描述它的絕望

當那滴哀憐的眼淚像露水一樣消失
春天板結得像一塊鹽鹼地
春天有一隻羊和一個上帝

六

天色晦暗
遠處的山巒隱藏在幽微的晨曦中
我想瞭解它背後的黑暗
當一個人不再期待
當他連醒來的力氣都沒有

七

多麼燦爛的夜晚
我用一道光線釣魚
當我墜落
我感覺自己像一根魚線

在沒入夜色之後
我被一道光勾住了
被自己親手製成的勾子
掛在了黑色的迷宮裡

八

不可能完成這首詩
它零星得像盜墓者送往古董商的瓷片
在拍賣會上
一個人買下一隻花瓶
他們寧願買下一隻假的
也不要這些真實卻來歷不明的殘片
可它恰恰像我的生命
被人盜走
不可復原
重要的是
它殘忍得像時間

看著

看著那幅畫
看著你在半夜剝出的果仁
看著那雙眼睛
驚恐，惶惑
血盆大口立在屋頂

看著街道
看著一截盲腸
某種靜脈曲張
仇恨像窗戶一樣打開又關上
你找不到任何目標

病菌大規模入侵

我看見的光
散發出墓穴的氣味

看著人類
想起它在荒野上締造的城
想起龐貝的噩夢和某個村落的黑死病

看歌爾德蒙在瘟疫中熱戀
他愛上的那位少女
在屍橫遍野的黃昏甦醒
她想活下去
歌爾德蒙便給她下了迷藥

殺死同伴
處以絞刑
歌爾德蒙在追逐
沒有愛他活不下去

「沒有你我不行」——紀德的哭泣
看著那幅畫
當我讀完《背德者》
歐洲的歷史已翻過一半

偏偏我的命還剩三分之一
某天你看著天空
一位老人在樹下咳嗽
我跌跌撞撞
回到離別多年的故鄉
殘餘的靈魂在流浪者大街閒逛

在巴賽隆納
一個叫高德的人
造了那麼多浪漫的眼睛
歌爾德蒙老了
他回到修道院
讓另一位姑娘相信愛情……

鏡子

早晨從夢中走出
一把槍頂著你的頭

你一生都在練習少女梳頭的姿勢
看著自己在鏡中老去

你缺乏勇氣繼續看
槍啞了
血飛濺出來
它是白的
你懷疑它是眼淚

你懷疑鏡子是否能照出你的樣子

你走在街上
每一張臉都折射出沒法收拾的靈魂

你返回鏡中
哲學將在子夜時分迎接你
死亡也是

到處都是碎片
它餵養你的心

短歌六章

1 玫瑰

此時在呼喚的一定是暗處的玫瑰
我們向它致敬
它用淚光照亮了花園

它在撞擊另一道光，我們是朋友

在河流上，我們是一隻船和另一隻船

它在遠處的幽谷盛開
我們是燃燒的赤子

血色兄弟，不知不覺
在山谷結出了果實

2　某日

某日我們走，去墓地上掃墓
某日我們去懸崖上看海

某日在你手上斷開
你永遠看不到自己死去的樣子
卻隨時能聽見骨頭碎裂的聲音

3　斷裂

你坐在絕美的黃昏
橋斷裂
你掉下去

有許多這樣的場景
掉下去幽深而神祕

山投下陰影
橋斷裂時夢也投下了陰影
連同你的身體
掉下去發出疼痛的響聲
玫瑰花一整夜都在哭泣

橋早晚會斷
你早晚會走出陰影

4　死者

談論死者可能不恭
它在自語　花在雨中哭
那場雨一直不停

如果我能想像一個詞
我便將它送給你
最純潔的死亡
將那朵哭泣的花放在你無力的手上

5 清明

來，把這些放入墓地
新墳雜草叢生
像你去年的睫毛

天氣一如既往
爛在地裡的是你的面頰
和我們在天空中說過的話

我還能求誰，才能把那些遺憾也放進去？

6 海邊的石頭

獨坐帶來寂靜和愉悅
那是一塊石頭的樣子
去它身上尋找歲月的痕跡和種子

潮起潮落
去它身上尋找火焰與聲音……

我只對你有把握

你卑微得像一粒浮塵
在雨天是青草和牛糞的氣味

春天是蠶和桑葉
夏天是向日葵

冬天是炊煙
是我藏身的草垛

我飄泊一世
只能握住你
磨刀霍霍，你是我唯一的去處
現在我依然可以回憶

也只對你有把握
遠處，你的窗戶將接納我
在我永遠不能回去時候

煤

如此陌生，這地下煤層
死者穿過天堂聚集在這裡
他們曾在無人的走廊長嚎
他們怕冷

學會沉默，像黑色石頭
學會開花，像黑色石頭
像逃離天堂的鳥
天堂，形容虛偽

對世界好奇，你穿過了死亡峽谷
鳥成群逃離，聚集在煤層之下

毀滅前是樹，是茂盛的森林
毀滅之後是煤，像你的心

學會沉默，像黑色石頭
學會開花，像黑色石頭

還有什麼比死亡後的燃燒更令人期待的？
我不瞭解天堂卻熟悉死亡

我一點一點死去
如今卻在活人的爐子裡狂笑
如醉酒之人

說出一個詞

說出一個詞
另一個詞便會哭泣

一片葉子在秋天
另一片被風捲走

我抵達黑色內核
那裡沒有聲音

控訴是去年的事
今年我在想那片被捲走的葉子

連同你的影子

貼著牆到了我的窗前
我總是盯著你看
我們凝視時間
你已淚流滿面

潛入深海

潛入深海你回望那個村莊
隔著萬里浮雲你觀察它，打開它
你打開你的頭顱正如海浪打開時間

潛入深海你回望那個村莊
看著她面容模糊，你問——
哪種記憶會一夜白髮？
潛入深海你碎成了細浪。

頭顱如鐵，你打開它
你在打撈一根稻草
你抓住了風暴便再次沉淪

你稱它，走村串巷
提著頭顱到了一家肉鋪

它藍色的影子讓你喝下了一生的憂鬱
順著灣流飄來了成群的死魚
潛入深海你認出了那場暴雨

所謂的村莊正把你運回去
不要走那條路
那裡通向墳場
潛入深海你夢見你的祖先
他們的骨頭發出磷光
他們不睡覺正如海浪打開時間……

手銬

鋼鐵在時間裡哭
哭他的兄弟
他的兄弟被打成一副手銬
銬住了一個人

銬住了一種自由
鋼鐵在手銬裡哭
哭他的心

讓他在囚禁中哭
哭冷血的鋼鐵

今天我要將玫瑰花的愛

帶給一道鐵柵欄
他已經把最柔軟的心交給了一個政權
他的另一個兄弟
正用另一種暴力把手銬打開

咖啡機

咖啡機攪碎咖啡豆
他將一隻杯子遞到你手上

你品嘗
你和朋友聊天
咖啡機在一旁看著你們

它同樣會把你攪碎
把你的滋味遞到另一個人手上

那人喝著咖啡
他的嘴唇碰著你
他不會想到你和咖啡豆碎裂的靈魂

之後咖啡會讓他失眠
他寫下這首詩
裡面有你的心

你的心跑出鐵柵欄
你握著鐵柵欄如同握著另一個人的心
時間會讓你們忘記被攪碎的過程

呼吸

你呼吸
他們把空氣裝進鐵罐子裡
你在鐵罐子裡呼吸

你的鼻子被固定在一面牆上
它被一道光照亮

你的脖子也被固定
不要在脖子上做任何徒勞的事情
它們很敏感
也不要試圖尋找胎記

你呼吸，光照在你的脖子上

你伸出脖子呼吸

這是你出生後的第五十二年
你的呼吸隱藏在不為人知的地方

在分裂的叢林裡
你也被其他人呼吸
成為另一種夢境或奇異植物的囈語

你試圖度過此生
你呼吸一種被稱之為空氣的記憶
也呼吸各種無解的欲望和幻想

你被運到一個地方
那裡有空氣

你被扔掉
鐵罐子裝滿了孤獨與絕望給你

它將帶著你在夜色中飄浮
人們將它稱之為此生

你扔掉了呼吸
人們稱之為塵埃

最終你被一道光吸收
裝入另一隻鐵罐子裡
人們稱之為來世

告別

端詳美如同端詳舊時代的樹林
或者一種疼痛的幻境
或者我們稱之為愛的福音
當我的手心搓出麥粒
當鴿哨掠過倖存者的北京
那秋日的景色令人沉醉
護城河的倒影印著你的熱吻與淚痕

一切都消失了，一個時代就這樣消失了
如今到處都是欲望和謊言
到處都是空洞的人性與人心

這是我用舊時代的格式寫的最後一首情詩

獻給逝去的白塔與鼓樓
我的文字早已分裂，像撕成碎片的白襯衣
獻給美麗的長空與落日

美呵美，今天我來向你告別
連同詩意與回憶，今天我只有憤怒
以及長久以來的絕望與孤獨

想起三十年前的羞怯與雄心
想起遺失的詩稿和激情
這個無比廉價的夜晚
行將就木的夜晚
腐朽而犬儒主義的夜晚
去無可去的夜晚

美呵美，今天，今天我比任何時候都尖銳
也比任何時候都不忍

母親

今夜我下了決心寫你
彙集我的勇氣與愧疚
彙集曠野上的戰旗
彙集潰敗的石頭和疲倦的雲

再過幾年，我將和我死去的兄弟一樣
成為你墳墓旁邊的一棵樹
我一直不敢前往墓地
更不敢走進你的房間

母親！經由你的身體——
溫暖的身體
在烈日下裂開的身體

被暴雨沖走的身體
經由你的身體我可以到達哪裡？

沒有你我再也不敢走夜路
森林也不再有回聲
鴿子全是灰的
藍天沒了，全世界都在下雨

雷鳴電閃——
你深知我的宿命
沒有你我天天熬夜
我再也不敢走夜路
我以失眠之心通向你

通向你勤勞的早晨

夜色進入我的身體
我的身體是你的

經由你我到達了平原
沒有你我再也不敢走夜路
我熬夜

那是黑色的平原
那是死亡
我們睡著了
我們在夜色中得以重聚
是否也將得到永生？

獨坐黑夜

獨坐黑夜
你和夜色搏鬥
看見自己像一塊飄浮的石頭
像一顆心

你逼視它
不可能和解
這是心的宿命

你獨自坐著
夜色自會退去

地鐵

這條長蟲
吃人，吃時間，也吃掉苟且與疲倦
我從半夜開始等
等早晨的光帶我去死亡的月臺
它同時也在等
從另一個終點朝我們駛來
它帶著星星在地下呼嘯
那些流浪的星星在地下與石頭擦出火花

夜裡三點，它們燃成了火球
如果你正在做夢，你可能會看見
或者你醒了
將被那條長蟲吞下

隔著往昔，我和你說話

隔著往昔，我和你說話
隔著生與死的那道光
那段令人恐懼的懸崖

連繫我們的是一隻鳥
是迴盪在天空中的氣流
隔著往昔，我和你說話
我們在陽光中看見了各自的影子

我把你當作是我掌心的刺了
我舔它，舔玫瑰色的傷痕
隔著萬里浮雲，我和你說話

幾乎是在太虛之境，我們相愛了
幾乎是在瓢潑大雨中，我們深情凝視

連繫我們的是一種生息
隔著一團迷霧，我和你說話
你所聽見的是一段墓誌銘
是我在清風中沉醉的夢
是我們必須放棄和堅守的

隔著往昔，我和你說話
隔著這首詩，你聽見了早晨的鐘聲
那是我的未竟之作
你可以把它燒了
我們之間什麼都沒有
只有歲月飄落的聲音

它輕微得像一聲歎息
最後的，也是唯一的

黎明

如果對黎明還有期待
你該穿越山谷，到達百鳥啼鳴的枝頭
那裡有朝露
有剛剛睜開眼睛的野百合

不要神智昏沉
這一生必須走下去
一隻鳥引你穿過叢林
把你引向黎明，那裡有迴響
那裡有你的夢，它撞響了鐘聲
在閃亮的天空下，那裡是蒼穹

一群鴿子飛起又落下
那裡有命運

又想起保羅・策蘭

「是貼近並吻我的時候了」
保羅・策蘭，他跳進塞納—馬恩省河

如今我們讀他的詩
把它們拆了讀

把夜晚拆了放進睡夢的棺材裡

絕望越來越深，它令你塌陷

從憂傷的藍色中接過
草原上最後的玫瑰

紅色火焰在跳動
那是對夜行者的祭奠

我們之間隔著一個乾涸的湖泊

你眺望著，把世界提煉成了一首詩
把自己變成了一顆絳紫色的星辰

不要讓憤怒再像海嘯一樣捲來
不要海嘯和塌陷

讓你的心平靜如緩坡
在茂盛的栗樹下，光會將你的影子照亮
你的心是嫩綠的

塑像

1

握過雷電的手
如今在石頭上
呈現殘缺的樣子
我凝視它
聽見了久遠的歎息
這個陌生的夜晚
到處都是與它無關的忙碌

2

假如我被塑像

恰如將未來交給另一隻手

另一個憂傷的藝術家
以自己的想像與悲傷塑造我
正如我以想像塑造另一個人

更多的石頭未經雕刻
他們自話自說，意義未明

3

被風雨侵蝕的面孔
如今放在庭院中

一對情侶在它身邊傾訴衷腸
它看見他們在熱吻中流淚
它的伴侶卻早已在某地被人推倒

4

雕像屬於廣場，廣場屬於人民
我路過這裡
問它是否知道這個廣場的名字

人們需要雕像，因它的形象而景仰它
它以異鄉人的神情注視著一切

即便是象徵永恆的雕像
也在流離失所中承受痛苦

所幸它沒有心，也沒有熱血

草原之夜

深入你的疲憊
撫摸那匹馬
召喚一個詞如同召喚一顆星星
我失語
如同無邊的草原
我點燃篝火
在風中和你喝酒
我擦亮了這個黑夜
肉身焚毀，靈魂哭泣

是你讓我穿過白晝
是你在火中和我的影子跳舞
騎著那匹馬
我們越過人類的柵欄……

時間的傻姑娘

秋天的風在大地上寫墓誌銘
時間的傻姑娘在山坡上站著

碑石上有瀚海、星辰
時間的傻姑娘在看星星

我走過那道山坡
如同牧羊人走過黃昏

我讀地上的字
也讀山上的寂靜

時間的傻姑娘站在山坡上
眼看著夜色將一切吞沒

秒針

某年某月某日
我停下來，用秒針對準喉管
它一直在尋找我的要害部位
它誤以為我想成為一個啞巴、自殺者、受虐者
廢物
以及某個事件的證據
我的確是某種證據
秒針也是
秒針停擺意味著生命消失
福爾摩斯凝視窗外的一片葉子
檢查死者的身體
翻開那人的眼皮
秒針斷了

停在某年某月某日的某個時刻
路過和圍觀的人全成了證據
包括那天的風、雲、閃電
包括一晚上的夢話
秒針停止，刺入那人的眼球
案情變得撲朔迷離
福爾摩斯找人問話
在人的表情和隻言片語中建立邏輯
可所說全是廢話
我當然只有沉默
三天後他出具報告
羅列那天的蛛絲馬跡
有條有理
人一死，邏輯便登場
推理成為主角
楔形鐵片打入人的大腦
在秒針斷掉的那一瞬間
牛鬼蛇神叮噹作響

在世界的另一個盡頭
女妖反復吟唱
事情沒完沒了
到了夜晚，窗戶一概緊閉
某種吶喊在林中迴盪
我渴望回到某年某月某日
秒針和我對視
我決不退卻
心裡卻十分明白
總有一天我會低聲哭泣
我的淚水無足輕重
彙集不了澎湃的聲音
何況河流都已枯竭
可秒針雖小
卻有千鈞之力

明晃晃的下午

明晃晃的下午
看一切都像是在看刀片
海面泛著青灰色的光
你看見白光裡的紅色和黑色
也看見玫瑰的血和蝴蝶檸檬黃的心臟

明晃晃的下午
只有知了在嘶聲力竭地叫
它傳達的焦慮統治了這個夏天
明晃晃的下午只是其中的一把刀
我坐著，坐在你的神經上

坐在某種纏繞的力量中
坐在大海最迷茫的那片波光裡

沒有人像我這樣坐著
所有人都在跑，拼命地跑

明晃晃的下午
整條街只剩下一道刺眼的光
我的背看上去就像是一個荒坡

時間的小手

那時間的小手滿是憐惜
現在穿過竹林
那思念的人影，到了濕熱的河岸

我總想撥開迷霧
看清她的臉
我所迷戀的
原來只是白襯衫上的一小滴藍墨水

多少年的夢如今到了她的小手上
晴，是她的名字也是她留給我的鑰匙
當我打開時
她身體的祕密便如岸上的月光

皎潔卻令我羞怯

我看見那個勇敢的人曾經在走廊盡頭站著
他未老先衰，他返老還童
他命令我，讓我止步，走開

凡是未被打擾的
如今都退到河岸的樹林中去了
那膽怯的曾經也堅定
那思念的人影曾經也溫潤
如今又再次在水中碎掉

無題

月亮在抒情詩中翻白眼
馬從山崖上摔下去

窗戶可有可無
反正家國不再

你將和它同歸於盡
和一個失語的早晨

你將沖進那達達的馬蹄聲
將人類的脖子死死勒住

街道

今生與來世
隔著一條潮濕的街道
街上住著一個拉鋸的啞巴
和一隻瞎眼的貓

時間被一道光拖著，你也是
一條魚在水裡哭，你聽見了
鶴閃現
一片失落在半空中的羽毛

一顆誠惶誠恐的心
掛在天黑前的城牆上
你看見了

我們停下來
停在啞巴拉鋸的聲音裡
那只瞎眼的貓所呈現的街道
我們將如何走過去？

暴雨來臨之時——看電影《小丑》

說說你能做些什麼
比如愛，比如這個憂傷的下午
明媚的陽光令人生疑
在恍惚的街頭
比如一個小丑，他能做些什麼？

忘掉熱血、姑娘
和車輪輾壓過後的花朵
你的夢將一枚戒指戴在了假手上
時鐘在一旁與灰塵為伴
一隻手已對著鏡子開槍

「砰」——你曾經是幸福的，像消失的月光

一種病讓你突然大笑
你忘了你是一個笑話
在與希望的約會中當然也是一個笑話

現在，不如再去喝一杯
暴雨來臨時
你所能做的只是將那隻貓抱在懷裡
連同你的靈魂
它們散成一地，再也不能撿起

撕紙

撕紙的人坐在河邊
他已經撕了整整一天
他曾想把河水撕掉
卻只撕下了一小片天空

他撕下的紙隨河水飄走

他回到夢裡
聽見撕紙的聲音

正如他總是聽見鋸木頭的聲音
他父親是個木匠
給人造房子

他爺爺的聲音要安靜一些
他是一個紮花圈的手藝人
安靜地坐在那裡，紮了一輩子的花圈

父親曾經很不理解他
他很絕望，說自己生了一個傻兒子

爺爺不說話
也不歎氣
他安靜地坐在那裡紮花圈

有一天，他聽見爺爺跟父親說
讓他撕吧，他在做事
你也在做事
他撕紙和你造房子一樣
你不懂他，他卻可能懂你

撕紙的人繼續撕紙
造房子的人繼續造房子
紮花圈的人繼續紮花圈

不久，撕紙的人被河水帶走了
紮花圈的人有了紮不完的花圈
我們看見的天空總像是被人撕過似的
多麼疼痛的天空
即使回到夢中，也能聽見撕紙的聲音

我們，空心人

我們，空心人
已經習慣將自己刪除
從一份聲明及一種回憶中
我們已將怯懦變成行為
曖昧的，也是偽善的

我們，空心人
提著一顆心走了大半輩子
現在將一隻苦膽扔在肉案上
把自己交給了一個屠夫

他賣肉，手起刀落
也賣我們的心

不要譴責他冷漠
是我們將自己遞給了一把刀

我們，空心人
已經習慣抽自己的臉
直到它和那堆下水放在一起，面目全非

腦袋

那個被當作腦袋的球形物
有時安在人的身上，有時碎成一地
我們在沙石中尋找思想和靈感
我們需要頭腦而非球狀物體

空氣中總有什麼在振翅
這就對了，腦袋洞開之時
流出來的是泉水

跋涉者總會口渴，他暢飲
他需要滴水之恩
此時我在荒漠中
看見城市的細長腿

它隆過的胸，塗過的眉
淚流得太多，眼睛裡遍佈傷痕

當我看見塞尚畫的五個頭顱
那個熱愛骷髏的人與我如此同心
腦袋被砍掉，頭腦留下來
這是舊時代的慰藉

當空氣是自由的，你看見的光就會在頭頂閃亮
那時，腦袋長在我們身上
它看見一切，思考一切

那個被清風洗淨的早晨
開始了令人著迷的一天

擲硬幣

一

究竟有多少事需要你來決定？
你逆流而上，你登高
你看見海水倒灌
於是，擲出硬幣
你說：無常之花怎麼也開不敗

二

那些擲硬幣的人
假裝自己是盲人

風在黃昏竊竊私語
路，像燒斷的線頭

他們忐忑不安，怕把自己擲出去
再也收不回來

三

想一想年輕時的談笑與運氣
想起一道光和一個陰雨天

硬幣落下去
發出滴水的聲音
它漂亮的孤線
讓人深信不疑

四

凡事都應交出
尤其在疏於表達之時
硬幣之美在於它有兩面
卻以一面決定生死

它落下去
你撿起
看見那玫瑰紅的牙印

一個咬牙切齒的下午
你的沮喪來自一個個瞬間
所以，再擲一次
看看所謂的瞬間究竟是怎樣的怪東西

五

我知道碎成一地
乃是神的旨意

如今你枕在一個土坡上
月亮如一枚已經擲完的硬幣
它的美，它的律令
都已與你無關

不要指望玫瑰

不要指望玫瑰
那血色的吻，在春天就敗了
夜裡夢見你的眼睛
你的溫情給我安慰

費力寫的這首詩，要寫完
就必須有一行柔情似水，哪怕玫瑰凋零

遠處的情話，已穿過燭光和紙窗

你是我真實而又虛無的朋友
你的名字，你印在冬天的唇印
你在火焰上吟誦的月亮

紅的，是我如水逝去的某個年華
玫瑰之紅，是我想給你的禮物
如今都已胎死腹中，像一扇石墓的門

我所夢見的早已衰敗
玫瑰花漫過黑夜
可是告訴你吧，要想不孤獨
請至少愛上一朵玫瑰

它空如鏡面，無外乎是我
或者你，擁有如此寂寞的夏天
此時黃昏低語
向你露出紅如淚滴的腳趾
如同河水帶來了前世的寶石

以色列轉機

1

不知何故，突然渴望柔情
要知道這奢侈之物極不相宜
彷彿跳蚤市場淘回來的玻璃器皿
晶瑩、易碎，看似有某種傳統
卻真假難分
好東西總是來歷不明
你愛信不信
擁有它就會暗含危險

2

原諒我突然而至，心腸變軟
我本是暴戾之人
此時你和我，彷彿大雪之夜的兩盞路燈

血，總讓人聯想凶殘之境
正如淚水總關聯某種愁緒
此時若放下
刀就會在燭光下出現淚痕
或者我拿起
往事便會如一條鞭子
它在寒風中鞭打之時
你的脊背必定忍辱負重
彎曲的日子就這樣一天一天過去

3

此時在機場
空茫茫多像一段舊時光
未來還很遠
人也未曾登機
我質疑剛才寫下的文字

多年以來
一首詩總是剛寫完幾行
就會在壞情緒中轉向
鳥逆風而飛
天氣不明所以
停筆之時
前言不搭後語
蒙面之人從身邊經過
一瞬間萬物驚悚

4

不能再寫下去了
這首詩，這夜半微涼的心情
你點火，抽煙，又掐滅
該怎樣度過
這不明來歷的時光？
你寫下的每一個字
都歪曲了你的本意
又忍不住去看他的背影
那拖著行李的人，恍若陳年舊夢

越來越深

1

越來越深，像一把錐子
它扎進去，在暗處喊疼
暗處的花呈白色
你該如何掌握它的深度？

一個人浮在空中
越來越深的是錐形記憶
和沉睡在河床的沙子
以及被沙子掩埋的宮殿

2

站在風中，肅瑟之氣深入肺腑
停在河上的鳥，也停在了某個深淵

3

某個鑽井平臺
一些事物糾纏於古老的洞穴
完全不由我們，也由不得天氣
我們在餐前禱告
年紀越大，就越能體會
明明只是一群蜉蝣
卻在揣測、分析和議論

4

唉，時代是渙散的
你將死亡裝入一個瓶子裡
任它在海上飄流

還能裝進什麼？
夢想？裝入夢想的漂流瓶
對這個世界仍然感到好奇

5

所幸還有一日三餐
現在你要睡了
越來越深的是早晨的鏡子
以及照鏡子時突然微笑的心情

通宵未眠

通宵未眠
一座城市就這樣碎了
像一條魚之前預知的那樣
樹木垂死的欲望裸露在山脊上
村莊再也不能懷孕
被撕裂的頭皮讓你感覺到百花已殘
一群鳥在夜裡飛
閃電把它們當成了上帝的炸藥包

牆一早就被人塗過了
面對腐爛的子宮，你一直在懷疑
聾子在敲鐘，啞巴已經起床
天邊燃起了一大片神經的火焰

帶著你的信，帶著前往天堂的證明
我一整夜都在等待
我睜大雙眼，無可奈何地等待
運送病人的火車
像一條老狗趴在鐵軌上
和我撕殺了一夜的全是它的影子

再見，今天你下定決心
像一匹馬從黑夜的屋頂跳下去

你一身血泊，從又矮又髒的天上
摔向如泣如訴的黎明

操蛋時代

強制已是平常事
月亮落在汙水溝裡
外婆用老樹皮一樣的胃挨過了冬天
麻雀低飛，太多東西在天空板結

農藥粗暴地剝去了桃子的胸衣
未成年少女高高隆起的乳房正命令你——吃！
吃，你吃掉切下來的詞
貪婪地聞著麥香
風在拐彎處把一把鐮刀摟進懷裡
風揪住你的頭髮
命令你看墓碑上的字和操蛋時代的人臉

忍無可忍的兄弟提著一副豬下水從街上走過
成排的樹在燈下賣春
連那座破廟也露出了像茶壺嘴一樣短小的陰莖

今天，你怒目圓睜，對著一盆髒水大吼
昨晚的夢像凶器一樣追來
風總是在麥子地裡誘惑你
桃子，當它桃紅的胸衣被再次剝去時
你明白操蛋時代的所有含義

你會想起年少之時的早晨
它們碎成渣，扎進你每一個腳印

風

我反復思量，準確地讀出這個詞——風

只有它掀開我的頭皮
在頭顱中找到我的名字
它認出我是它的異姓兄弟

當我嚎叫時，它認出我是一匹狼
它也看出柔軟之時，我是柳枝的親姐妹

風，看見我奮力撐開的手指
它擊打我，聽見我關節的迴響

上帝在顛狂之時將它給我

我聽見了野火在森林中的呼嘯
風，以無形的氣流把我送到天空時
我擁有了閃電的權杖

正如它曾經摧毀了我的家園
它也教會了我流浪

它令我在曠野上行走
令我熟悉海洋和丘陵
它讓我的命像蒼老的松樹一樣
挺立在山崖上
我的手臂因它變得結實而扭曲

此時它在天上
再一次把我吹得劈啪亂響

病

病，以何種路徑進入？
一個水果
一頁書
或者，我們自以為是的鎧甲？

它不懂，不明白，它蔑視時間
而我們卻以時間度量生命

我們稱之為病的，正以一種生命的形態
入侵我們

當我們以死亡和痛苦屈從於它的時候
我們製造了儀式、說明和謊言

病為我們準備了今天的局面
讓我們看清自己不堪一擊

讓我們明白謊言無用、說明無力、真相軟弱可欺

讓我們或多或少有一點警醒與敬畏

讓我們停下來——

也許我們可以問一問
它是否也是一劑藥，我們將因它得到救贖？

詞

詞從嘴的隧道中跑出
它們列隊，它們的靴子發出空洞的聲音
我聽見石壁的回聲
在夢裡，一隻隻蝙蝠驚飛
我們停下來，站在那滴水的黑暗中

誰讓它們如此步伐整齊？那文字如浮屍
它們排成行，讓我們看到
多麼擁擠的悲哀與控訴

詞，像人一樣開始逃竄
邪惡的天空上，逗號像鳥一樣墜落
成群的鳥，被擊中的省略號

句號落在田野上
一句話掛在樹枝上，另一句在煙囪上焚燒

詞追著我們
我們已經沒有力氣
它們伸出舌頭
在舔一只只放在老家的碗底

詞的意義驚魂未定，如同人不能呼吸
它們需要像你一樣起義
詞說話，如你含糊的一生，不可理喻

此時，冰冷的大街上，一秒鐘的時間
你將看見上帝，他手起刀落
整條街上，一個個人頭落地

煙囪

所謂絕望，不過是一條死魚望著半輪月亮
所謂半輪月亮，不過是詩人寒酸的想像
他們試圖製造哀愁
他們從死人那裡賺取夜色和眼淚

月盈之時我們曾輕快得像山上的風
牆上的影子碎了，我們在樹下聊著
那些沉淪在泥淖中的頭顱

我知道我們被人割了
我們討論人生，整條街喪心病狂
把一扇扇門窗扔進爐子裡

門，像家裡唯一的男人倒下
窗子，那鬼哭狼嚎的心靈之眼
迫使我們跑到了大街上

再沒有什麼比今晚的燈更殘酷的了
月亮看見被燒掉的死魂靈
它已經放棄了最後的抒情
詩人，不是用憂傷
而是用獸行幹掉了這個夜晚

只有女人在莫名其妙地失眠
只有孩子在聽眼淚落在爐子上的聲音
只有爐子在用有毒的煙對著天空吶喊
只有煙囪如此孤獨地表明
——還有人活著
並且，在燒他們的同類

空手

那在一角等我的如今已變得凶險
鐵欄杆上攀緣的花，或許會是
一個消息，我所牽掛的人
這麼些年過去了，還是忐忑不安

我也是心有餘悸，路過，路過你的角落
我在一片瓦礫中停下，撿起
那彷彿是你扔掉的煙蒂
紅彤彤的正午正在某地看著我呀
某地是一句斷腸的詩，我怎能將它給你？

曾經切去的盲腸，如今又以原來的模樣
回到了我的身上

我已經度過了白茫茫的歲月
又怎能伸出一隻空手去和你握手？

可你伸過來的手也是空的

我之前曾做過和你見面的夢
父親早年的聲音也曾從那條走廊傳來
抬頭望去的窗子，此時也一定在看你

所謂凶險其實也不過我回來
你不在了，遍地瓦礫無外乎一點淒涼
死兔子在草叢中並無人在意

此時你從舊日子中伸出一隻空手
我的空手也正好伸出

睡前故事

古老而疲憊
像一台熄火的抽水機停在泥濘中
它曾經抽水
沒完沒了地抽
抽我的心

一隻麻雀飛來
一隻蒼蠅落在手背上
它們提醒我
讓我逃離這片家園

古老的睡前故事
從不知哪個峽谷走來

來問我們的五穀和牲畜
可我們從不發問
我們安於短暫的安寧

疲憊的睡前故事
既像飛翔的鳥掉下的羽毛
又像無奈的雪落在枯井裡

憂傷的睡前故事
拍打著死人的門，而門毫無反應
它混淆著舊時代的色彩
進入了一座空蕩蕩的城市

無論疲憊還是憂傷
睡前故事都曾經告訴過我們
它像一把斧子讓我們記起森林裡的伐木聲
如今斧子落在地上
死亡大踏步走來

它曾是我們唯一的閱讀
是我們溫暖的慰藉與想像
可現在它痛呵
它讓我們在風中挺直
我們卻只是一排排等待處決的樹

沒有它，我們會失眠
沒有它我們將孤獨無依
此時它像枯藤垂在牆上
怎樣的暴雨才會使它發出新芽？

它已經長久地消失在頹敗的夜色中了
這個神祕的世界
充滿了無法理解的祕密
我們究竟在和誰糾纏，並決一死戰？

噢噢噢的咕嚕聲

長久以來，我們自身的問題
無外乎混淆了一些事情
比如生死。死是你的出生證。
秋天的犁，讓我們想起牛和田野
一場風月，又讓人們遙想起某個星球

問題堆在桌子上，我們自以為可以分析
於是雞和鴨說話；真理成蛋清，謬誤如蛋黃
語言燒紅鍋底，你端上來的菜總是一場糊塗

那至今還在宴席上乾杯的
將被一陣風清場

不如騎馬去另一個地方
那裡，色情的炊煙如夢，如絕望

今天，某人以正義之名來信
你不再讀，所謂愛情，所謂公理
你明知是自欺
酒瓶打開，夜晚宜於騙人，騙少女之心

那些用文字造孽的人
心靈的毒花開了又敗
眼睛謬於征服，如熄滅的燈
直至石頭風化，人人都失去面孔

唉，新時代，思想如啐出的唾沫，四處噴散

你隨時都會被某物吞吃
發出噢噢噢的咕嚕聲

再漆黑的夜

再漆黑的夜，也一定會有人等你
一個人沒入深處
就會像眼睛一樣發亮
豹子是這樣，鷹也是
你要麼比黑夜還黑
要麼比眼睛更亮

一朵花尋找出路
春天就全是墳場
一塊石頭在爐子中焠火
最黑暗的那部分就一定會炸裂
綠和紅混在一起成了黑

它們本是植物和鮮血的顏色
是你的姊妹與兄弟

所以，何以害怕黑暗？
或許，你綠得不夠深沉，紅得又不夠熱烈
黑暗包圍你時
你所承受的壓力使你哭泣
現在你活下來，內含熱力
不會再怕冷，又何以害怕黑暗？
事實上你的眼睛已足可照亮每個角落
你以回憶取暖
並且，通過想像
看得見最美的山嶺
和在河水中微微低頭的少女

再漆黑的夜，也一定會有人等你……

空地址

一位少女在獨木橋上追一隻蝴蝶
一片雲和她一起跳舞
那麼驚心，文靜而激烈

她掉下去……
她躺在血泊中的樣子竟那麼美！
我應該聽見過她在哭，在喊疼
可整個下午只有鮮血流淌的聲音

她掉下去，在她撲閃蝴蝶的那一瞬間

我曾聽她講過一個故事
關於她的貓，瞎了一隻眼睛，毛色雜亂，萎縮在牆角

我們曾經喜歡過同一種顏色
她穿淡紫色的紗裙，光著腳在地上跑
她一直都在跳舞呀，我曾經牽她的手
像今晚的月色一樣冷

一想到她吃吃發笑的樣子
我就怕，我們都害怕幸福卻天真的暖流
傍晚她坐在牆角，害羞地看著我，然後微微低頭
她低頭的時候，夜色已慢慢過來

她掉下去，在她微微低頭的那一瞬間

多少年過去了，我何以總會看到她飄落的裙子？
此地如此逼仄，我早已想不起她曾經給過我的地址

月色又浮現出她的身影
淡紫色的笑聲若隱若現

我似乎用盡了一生的空虛
卻怎麼也找不到——那個空地址呀

暗處

在暗處，你的感覺分外清澈
你觸摸到光，也聽見汩汩的流水聲
歲月飄落，千鈞之力變得柔軟
你枕著的虛空，如愛情，當它從肉體離開
花朵，只剩下靈魂
冥想的空穴之風輕輕吹拂
你進入墓穴而出入那有聲音的鏡子

暗處多麼無端
我知道你遲早會醒來
你醒來，就會有光對你說——一天又來了
你的嘴唇還有昨夜的露珠
你看我時，是否也看見了前世的印痕？

何為暗處？你問
我答：瞧，你所坐過的地方
那是來世的睡眼惺忪呀
你對著一縷晨光揉眼睛
光自會退去，你進入暗處，如同進入混沌的幸福
你再一次睡下
無邊的往事吹散你的頭髮
時間在牆上產生迴響
你進入寂靜如同進入另一種時間
它在裡面輕輕說話
你渾然不知，但總有一些事情令你回頭
你再一次看向那灰色的暗地裡

清明節前遙想故鄉

我不曾想起的那些蝌蚪的寓言
一度忘記了的蒲公英的心靈
如今又來到我的窗前

我得承認，我從未真正離開那片原野
當我返回故鄉，我看見的兒童
依然停在池塘上

池塘，依然以夏天的誘惑
讓我產生粉紅色的欲望
愛情，依然在冬天的草垛裡做窩

用什麼來丈量我們這一生的旅程？

我們的故事如今要講給孩子們聽
又該怎樣開頭和結尾？

我總是在想那些斷開的山崖
河流，以它牽著我、淹死我的怪脾氣
在這個村莊變得平緩

晚風，將風情萬種的長裙撩起
在任何一個琴聲飛揚的廣場我都是空虛的

所有的異鄉都以征伐滿足野心
它們的窗戶如今正以疲憊的燭光召喚影子
寵物在失意時如此黯然神傷

我回來，在走了那麼遠之後
總是試圖回來
我的眼睛告訴我人是物非了
我的心卻還要固執地回來

當我們面對自己時
真實的面目變得如此遙遠
清明時節寫這首詩
那裡有死亡

那裡有所有的好奇
那個從未離開的少年
正以天真之心告訴我
一切皆可重來，一切從未離去

橡皮人

我一直在選擇，我觀察
這件事情對著我，以尖銳的斜角
以它的害怕；
我習慣看周圍的人臉
就像看一片片蟲蛀的葉子
霜打過的人臉和膏藥相彷彿
我看著它，我觀察
一整天我都在觀察風和一間只有風的房間

曠野在傍晚點燈
我依賴它
我舉燈看一張地圖
看見城牆和溝壑

看見兩個擦槍走火的士兵
我好奇心起
將一隻腳伸進水裡
我觀察一條街如同觀察一陣風

可現在不同了，現在我懶得看
風吹動書頁
我執拗地想知道那些瑟瑟發抖的文字
如何飄散，又如收場？
人命亦如此
你也少發點脾氣吧
風停在我的窗戶上
我的窗戶還掛著浪漫主義的愛情

是手拉上拉鍊時的那種空虛
我觀察了多條陽具
它們究竟插入了怎樣的黑夜？
才讓我生如夏花，熱烈而短命

可你偏偏活著
你抵死拉住犬儒主義者的衣角
這使得我們如此不同

那讓我迷惑的，如這個平靜如秋水的夜晚
也讓我迷醉
我渴望跳下去
讓一片天空淹沒我
或者任何一種藥片
任何一種我已經找不到的心情

你瞧，寫這首詩，內含危機
也有幾分殺氣
可怎麼都不完整
一不小心，力所不逮的雄心與熱情
就成了一雙疲塌的拖鞋
我停筆，上床
晃晃悠悠，像一個橡皮人

白色

此時看白色的，一定戴著白花
走過那條河，該忘記的就忘了吧
不要再回頭，哪怕花香四溢
竹林的清影，含著斷腸人的淚
一隻鳥在樹上發出嗚咽聲

這世界曾經歌聲婉轉，幸福是有的
露水滴在臉上，究竟要怎樣，你才能像花一樣安寧？

花也會凋零，這是當然
那峽谷容得下千萬人過去
卻容不得你造反，你以生反抗死
恰如一種空對著另一種空揮拳

不要再細數人頭了
你計算死亡的心永遠是錯的
死人向來多過活人
正如落葉遍地，怒放的花卻也不過一兩枝

那倖存的一兩枝正朝向天空
坐在窗前的影子也坐在一片白色裡
沒人聽你三月的泣訴，那千萬里的山河太濕

此時你肉身尚在，血和詩意也在
白色自話自說，接下來的路也被囚禁在白色裡
那裡，不確定的光正在搖曳，你逃也逃不脫

倒下

如果最後只能選擇一個動作
你會遠擇逃跑，靜坐，還是倒下？

我會選擇倒下

因為我熟悉子彈、刀和任何一種凶器
我熟悉它們就像熟悉背叛與愛情
它們也讓我選擇了以土地為歸宿

因為我想來得痛快點
倒下比靜坐更像一門哲學
當然了，它不如逃跑聰明和苟且

我想聽到身體最後的聲音：砰
如此有力，像是還了世界一拳

我們曾經有過那麼多動作
比如站立，揮拳，握手，躺下，上下運動，左右搖晃……

一些動作已不允許選擇
比如接吻，瞄準，躍身上馬，飛翔
如今你面臨各種質疑，你試圖回答，最終卻倒下

倒下就是回答
仰面朝天，你聽得見哈哈大笑
那腥紅的血窟窿讓你認得出凶手

任何一種倒下都會讓你銘記
並提醒你成為下一個扣扳機的人

一日之傷

一日之傷，你曬著太陽
多情人迷失於燕子的啁啾
無意間已是春日
你坐在河邊，懶散，閒適

一日之傷，適合於彆扭的青春
喬裝憂傷，博取愛情
虛幻的纏綿來自於詩人的自虐

厭惡月亮，厭惡讓你迷離的幻影
厭惡木棉花的眼神，俗得像一首早春的詩
不是一把吉他，而是一位老妓女
讓你學會了厭棄自己

此時你坐在河邊，在一塊衰敗的坡地上
一個男孩滾著鐵環跑來
你冷漠，你玩弄春日的影子
把自己淹死在廢棄的快樂中

一日之傷，你墮落成了一個榜樣
那男孩跑遠了
你拎起那身掉了線的舊外套
把一個空洞的黃昏搭在肩膀上

睡吧，抹去你寫在沙子上的字
用一個累極了的夢
把自己拖到那把破破爛爛的吉他旁邊
或者你扔掉的垃圾上

虛弱無力，想起了曾經的初吻
春天，以它怎麼也暖和不起來的鏡子

讓你看見一段虛弱的歲月
和一盞再也點不亮的燈

嘶聲唱

這媚態的人兒，窗前的影子
暗示著我們的頹廢
明前的茶已經沏好
九泉之下，我們有迷霧般的姐妹

此時她若在，我們會在院子裡嬉戲
你貪戀的那點詩意
和她頭上的牡丹相呼應

我們總是隔著什麼，那究竟是什麼？
我們隔著一大片雲
一隻鳥在飛，在雲層裡驚飛

在天井裡，傍晚的蓮花如此淒清
僅存的一朵
彷彿只是為了迎接
那雷電之夜的雨滴

天煞的，如水的愛人
那在窗前眺望的
和在夜裡翻飛的
都一定是命運的咒語
卻像極了你，淒涼的你，神經質的你

三百年過去
橘黃色的燈
青灰色的尖叫聲
還在延續

那麼來呀，來鋪好這雨後的婚床
我們總得和那朵鏡中花結婚

和日月拜那粉紅色的大地
我們，總得吞下那絕塵之夜的萬古春藥呵

為了那些模糊的人影，我們成為另一個版本
那不可言說的志異小說呀
一個個人物在煙雨中復活
和我們一起進入大前門的戲樓
我們又該登臺
嘶聲唱

隱身

那些隱藏在唇齒之間的祕密
隨時都在發出聲音，那幽暗的風
吹動窗櫺，讓我疑心古老的愛情
將會在春天裡借屍還魂

人人都在欠債
我欠你的將在這個季節長出新芽
那讓我愧疚的，將在淡白的月光中出現
該開的花早晚得開，該有的恨也會扎得很深
或許我們早該清算了，在某面鏡子中

此時隱身，只為以虛幻的心情再次出現
或者夜太黑，夏天又太遠

你總有法子將一切遮住，卻依然有人繼續前行
隱身之後某種東西會與你加劇衝突的
半夜回家你總能聽見點什麼
有人在暗地裡吐痰，那久病之人面容紅潤

你當然可以假設我們生活在宋朝
兵荒馬亂，人人都有一顆匠人心
一個人在莫干山下鑄劍，另一個在靈隱寺讀經
你會成為某件古董，在拍賣會上令人唏噓
一旦成為談資，你便冷眼相看
那一歎三詠的青樓，煙雨中的可人兒
對你遠逝的背影流下過眼淚

今天閑得無聊，翻閱典籍
一部地方誌記載了一段冤案
我沒來由地想，不知何故
我竟總想為你平反昭雪

所以，此時你隱身
不過是等我張貼告示
左側在緝捕凶手，右側的你已高中榜首
可是，是真的嗎？哪哪都跟你無關嗎？
這隱身的法門，已弄得面目不清
也不必考證你的雄心
你哪來便哪去，所謂隱姓埋名
與我今晚的稀粥也扯不上半毛關係

一觸即發

一觸即發的是一小片黑雲
不明來歷，卻令你欲哭無淚
一觸即發的是某個夜晚
你可憐的蠟燭和四周的牆壁

還有跳入火中的貓
還有我們深陷其中的泥濘

是什麼在向你暗示即將發生的事情？

不明來歷的是一顆釘子，是下午三點的鐘聲
一觸即發的是你讀到的任何一條消息

那些密布在夏天的神經
告訴你暴雨將至
那些讓你出門的事情
將在遠處發出虛幻的顫音

一觸即發的是碎裂的窗子
不明來歷的是傍晚的燈

聽琴

我聽琴之時
你正以琴弦輕撫如水的時間
暮色，是專為我們準備的
夜色也是

那些曾經凝固的音樂
如今又在你的臉上綻放了
你的地平線上，幾朵無名之花正迎風搖曳
它們像極了我的情話呵
更像極了從你的琴弦上流出來的憂傷

你在幽深的盡頭看我時
我正站在夜與夢的堤岸上

你的琴聲流逝之時
我的心亂得像吞噬一切的黑夜

親愛的，我是在一瞬間失去光明的
在你的琴聲中

我也是在一瞬間倒下的
我寧願相信自己只是在聽，聽你的雨聲

我寧願和你感受黃昏的風
你總是站在星空下猶豫

我寧願相信世界是玻璃的
露水已落滿你的長髮

我們，和流水永遠都表達不出此時的心情
又何談愛情？

此時在你的琴聲中如泣如訴
彼時你就一定會拉我，拉空洞的樹

把我放在你的兩腿之間吧
當天堂以大鵝之羽靠近你時

那裡有微風吹拂，也有美妙的漣漪

讓我枕在你的膝蓋上吧
漫過花園的河水很快就要枯竭了

當我在水裡抓住你時
我吻了你，那吻在夜空下如此心悸
當我愛你並知道你是凶手時，我是如此孤獨

我忍不住想起一段旅程
午夜的疲憊是另一種興奮

你總是用光逼視自己，用夜色
你總是把自己遮掩得
彷彿一個永遠也收不到的包裹

幾年前的包裹
我曾在阿姆斯特丹的郵局打開過

你總是在眺望天色，此時，琴聲像萬馬奔騰
讓我在河岸上停留那麼一小會兒吧

膽小的麻雀
也不再害怕沉重的靴子的聲音

究竟是什麼在撞我的頭，是你的琴聲？
究竟是什麼讓早晨的光如此明媚，是你的琴聲？

我一直想看清楚
我想知道黑夜會不會用雙手遮住窗戶？

遮住那棵樹
那片灰屋頂需要火焰
那片天空需要白鴿子的翅膀
相愛的人需要在樹下接吻

哦，親愛的，一支曲子就是一個迷宮
你的身體和你的琴也是
你拉琴的手試圖拉開一扇迷宮的門
你領我繞過長廊，進入後花園

呵，你輕輕打開的身體，你的大提琴的聲音！
讓我迷戀的是那座掩胸的舊城
是你正在吸吮的甘露

酷暑的年華正在消失
我的戰船還停在春天的硝煙中

讓我迷戀的是你掩胸的樣子
來自你的紅色正在憂愁中褪去
我走在田野上，我右邊的心在一頁舊情書中
左邊的卡車卻停在一段驚悚的往事裡

如今生活到處都是令人髮指的事情
是掩胸的妓女在三月的春風中寫下的詩

是你，讓我越來越迷戀舊日子的味道
你也聞到了嗎？你的琴聲此時正以何種方式打開？

那打開我身體的琴聲
微露著你的誘惑，讓我沉迷於上世紀的頹廢
那就是你呀——當我進入時，你低聲哭了
你的琴弦已經崩斷

黑白

你在黑中看白，也在白中看黑
你把風當作琴聲，也把鳥看作一種回憶

當你愛花，愛月亮，愛一條金毛犬時
你會忘記黑曾將一切淹沒

冬天，以寒冷侵入春天
風，掠奪了牧場
白與黑交手，撕裂的影子正在作祟

你自以為清醒時，滿世界正胡言亂語
你相信白的力量
正如你看見黑關上了所有的門

那條被燒紅的大街，此時正打量著你
黑榨乾你，白，在一旁冷笑

你不過是我在鏡中看見的白
在白中看見的黑
哈哈鏡和你做愛了，親愛的，你知道嗎？

一旦你信守白，黑便將你拖出
你剛在歌劇院落座，白便對你耳語
你聽見的音樂正在暗處窺視你
你面容模糊，飄泊在黑白之間

誰，早晨在白中看黑，夜晚在黑中看白？
誰正被一條白練吊在樹上
誰將在黑中落滿白雪？

我走在路上，看見遍地的男人與女人
卻看不見白與黑

多少條人影被拉長，多少只胳膊在甩動
黑此時隱身，白亦化為幻境
一旦我試著說愛你
黑白之間，便一片混沌

少年——致楊典

少年，我的心如此渙散，我正要說
你的頭便頂住了一棵樹
你總是莫名興奮，挎著槍在田野上狂奔

一些事情就像劃過雲層的閃電
少年，還記得那片河灘嗎？
兩條蛇彼此糾纏，定定地看著我們
它們上下翻滾，最後分開，像兩條死去的繩索

「它們在打架嗎？」
「不，它們在相愛！」

多年前我曾如此明確地回答你

我肯定過這個世界
我也能記住——
當年你總是別著一顆情欲的手雷
激情似火的夏天呵
全世界都在糾纏、相愛，全世界都是你的情敵

那時生活到處都是暗堡
你無端端掃射，少女們在詩歌中紛飛
如今除了酒、鬼、恍惚的街道
你不再相信任何東西
也不相信你看到的和正在發生的

是的，人變了，世界全變了
你曾經多麼激烈
你夢想愛情、勳章和沉醉中的蛇

火山灰落滿我的院落，也落滿你的天空
我無限惆悵，又無比散淡

你找出的鏡子全在裂嘴傻笑
過去的一切，腦袋耷拉
過去的愛人瞳孔直直
她們已向遠方遊去，緩慢消失在雜草叢中

虛構的樹

1

如果有樹，就一定有一份記掛
那座山已經禿得像一個白虎女人
蝙蝠的誘惑被認為是不祥的，而且，邪惡
可我們正是從碎了的世界開始的
窮盡你的想像吧，把風景（如果存在）想像成
納粹滅亡之後的飢餓與仇恨吧
我喜歡裸露的夜空和脫去外衣的少女
可那男孩不是
他喜歡神祕的灌木叢
他在那裡藏了什麼？

自從他失蹤了
那棵樹就絕望地站在了山坡上

2

我一直試著給一棵樹取名
一年中的某一天，眼看著天氣變冷，樹葉
被夾在一本荒廢的書裡
天空在哭泣之後已經不再是原來的樣子
一行詩和一群鳥一起飛走了
我還沒來得及給它取名字呢
我懷疑那末世的桃花
早就在虛幻中開敗了

3

一棵樹不能試圖放下自己
也不能去別處尋找安慰

雲流動，讓一棵樹是黑色或紫紅色的
你有可能是藍色的
當你站在一棵樹下，成為我的樹蔭

讓我們一起回到逝去的歲月
天地蒼茫，雪，覆蓋了站在山坡上的影子
房屋和羊群都陷於沉默

4

也許你所虛構的正指向了一種現實
和尚在隱喻中打傘
少年在暴雨中無法無天

而我，從來處來，往去處去
最後停在一棵樹下——你總忘記的地方
那裡有一隻鳥和它脫落的羽毛

5

我們的確一直在虛構
史蒂文森的詩
一首叫〈黑色統治〉，另一首叫〈雪人〉
一棵樹和停在樹上的雲會讓我們傷感
（永遠也走不出惡運嗎）
晚上想起曾經遇見的風景
事物從不自作主張
早有人如此犀利地寫道——
世界旋轉，像一個古老的婦人
在空地上撿煤渣

斷腿娃娃——致西西

現在我們來整理行囊
把那個斷腿娃娃帶上
那條腿丟失了，相信你總會找到
在我們即將前往的地方

每一種幸福都曾掛著你的眼淚
痛苦也是
當陽光和雨水滲入你的身體
你會看到自己在很快生長

歲月是一棵和你一起長大的樹
也曾被一陣狂風折斷

當它老了，沉默的年輪就會說出
你曾經遺失的和已經忘記的

沒有一片樹葉會像日曆一樣撕下
也沒有一隻箱子可以裝下你的憂傷
我們會扔下不必要的
讓另一些悄悄地長出新芽

我們要去一個新的地方
當你把另一個娃娃裝進箱子
你會看到那個斷腿娃娃，它笑了
它擁抱了另一個和它一起躺下的夥伴

我們總是在走
可當我們再次停下
一定又會有什麼需要整理
這個世界總有一道光，交替在夜色之上

現在我們來整理行囊
帶上你的斷腿娃娃
那裡黃昏已近，燈火一片閃亮

致卡夫卡

一

你從A地抵達時
B地的斷橋正積滿冰雪
皇帝的姊妹提起碎花小裙
伯爵已選擇蝙蝠做今晚的情人
你伸手摸黑，能摸到什麼呢？
摸到一封密信和一隻女僕的腳
大膽妄為的月亮正在舔山坡上的塔尖
你身陷其中的那個路口
以無限的醜陋命令你待在C處

那在某個角落收留你的詭秘的弗里達

令你望向城堡的夜空
他們將對無用之人下逐客令
招待壞人，也錯過好人
這一切正如弗里達愛你
你卻愛上了另一種擺佈

努力成為其中的一處頑疾
與肉鋪的老闆娘沆瀣一氣
令人疲倦的夜遊神伸出不可一世的小手指
無論你多麼一廂情願
那所心愛的學校都不缺耳聾的勤雜工
事實上你永遠也不可能抵達
當你從A地去往B地，便會接到C地的通知
A與B其實都不存在
雖然你身處其中，並與形形色色的人爭論

二

那聘請你的
如今正反省聘請你的錯誤
無人知道那根蠟燭在哪裡，錯又在何處？
正如無人知道皇帝始於何時
你本可原物退還，雖然
那封信確有克拉姆大人的簽名
村長痛風了，他本可以揭露你的原形
卻詳裝一無所知
其實每個人都已洞悉
你待在A地，被不可知的B地指引
你無法抵達的呀，該記住一切皆荒謬
唯有弄清身分，並掌握迎奉之術
才可以與長夜達成共識
你們互舔，在暴笑不已的春天
你們摸黑插入
使邏輯的姑娘懷孕生子

並栽贓給某位大人物
借他的名，你將恐懼與遲疑掛在牆上
那噩夢的門如今又陷在雪地裡了
怎樣呼救都打不開
但會有一輛雪橇把你從A地帶回B地
C地的夢總也開不敗
直到肺炎纏身，你從鐵橋上跳下去
那時，橋上的車輛正川流不息

你靜坐此地時

你靜坐此地時，彼地風雲已變
天涼得那麼早，昨晚的菊花靜看著瓶子碎掉
你洗手時，左側的臉如此空虛
鏡前燈虛幻出微酸的美

黑色的貓飄浮在記憶的深井
一根繩子等著你——我的倒立的兄弟
你從下往上看，看見的天如鍋蓋
從左往右看，看見的樓歪歪斜斜

傍晚的愛情躡手躡腳
咋晚的夢已在酒中懷孕
再回到那根繩子上

繩子，你仔細看——
你怎麼看世界，它就會怎麼看你
你愛，它就恨
你把往事擰緊　黑色的也是空乏的

春風不度悲憤的河流
該淹死的將於下午三點淹死
如果此時寫信
你只能寫一個省略號
而彼地卻以萬噸黑暗回應

兩地書

七月，天氣突然變了
當你遲疑著是否回信
我一直站在路口，或者井邊
你總是陰晴不定
未來不是來，而是未來，而是去
是掐死那只黑貓的白胖的手
人人都說從貓眼裡可以看見時間
我的心亂得
像你撫摸我上衣扣子時的輕歎
樹影婆娑
你所放棄的還握在我手裡
我握你的手時，永恆已碎成瞬間

一封信到底需要分藏幾處？
偷窺者、告密者、捕食者以及昨天讀到的詩
午睡時突然裂開的瓶子
你還在遲疑
你曾說：我是你的貓，黑貓
從貓眼裡可以讀到一封信
我猜你一定在渡口等船
遲疑與等待都受到煎熬
該加倍小心了
萬物突變，會加重這個夏天
擺渡人早已失蹤
在兩地，似水的流年吉光片羽
兩地書不易
你若平安，請回復我安寧的心情
或者晚餐時的懸疑與憂慮

那在眼前湧動的，不是夢

那在眼前湧動的，不是夢
而是盛夏的渦流。鳥銜著腥味盤旋
黑色鋼琴在四周狂奏
那大而圓的，不是月亮
而是發脹的虛幻之境

某天，沿著琴聲，我們打撈河床
失散的魂魄多麼危險，似有話要說
似有嗚咽聲傳自河底
因此形成這渦流，在眼前湧動

四月、五月溺於水中
七月、八月在火上飄浮

那引爆我們的不是消隕的小手
而是暴烈如斯的中年老人

一長排標題登堂入室
它們撩起小裙子
那占領餐桌的，也站在了我們的床前
午夜時分的床

窗外，密佈著不安的消息
那在眼前湧動的，不是夢
而是躑躅於大地的影子
那令人恐懼的，不是飛撲的蝗蟲
而是內心的虛妄

夜歌

今夜含著某些逝去的時間
也滲入了黎明的少許清輝
誰正悄然來臨？來和你的今夜對峙

今夜是命運的一枚分幣
握在你手裡，我在猜

車輪滾滾的一天過去了
正午是一個烤糊了的馬鈴薯
下午是黑咖啡
那把將時間切開的刀
如今握在你的手上
我們凝視時間

誰製造了那些櫥窗裡的鐘錶？
還有你手腕上的，時髦而高貴，假的還是真的？
秒針挑斷了憂愁的神經
失眠之夜像一條萬古小船

它運著你的身體
你的身上有花，有一道吻痕和一封信

進入天堂之門
誰將拆開它？

今夜所能讀到的不過是一首詩
黎明的清輝才是那封你收不到的信

一個詞

一個詞站在破曉的窗前
另一個被夜色囚禁

一個詞被染紅
另一個跛腳來到夢中

它在等待下一個詞
那時我還沒有醒來
我的手還陷在午夜的沙子裡
流沙帶著海水的鹹味
任由詞語跑來跑去

一個詞面帶愁容

另一個隨來世悄然迫近

一個詞被鋸斷了腿
另一個在牆那邊結結巴巴
一個詞憨笑，另一個盡顯迷惘之情

那些急於說話的詞
讓你看見的是它的反面
今天你穿過寂靜的叢林
來到一片凍土地帶
一隻鳥落下，一個詞發出瑟瑟的響聲

我們已經被冰雪掩埋
直到一個詞融化下一個詞，並大聲說
這是春天！

致愛米麗的玫瑰

愛米麗，你得如實回答——
他是怎樣在你的床上留下人形印痕的？
灰塵加速了歲月的腐爛
他是何時死在你的床上的？
那個下午鎮上的人聞到了黴味
他們好心勸你打掃房間
卻被你拒之門外。
你封鎖消息，你需要安慰；
一幢舊樓讓你如此寂寞
從縫隙中照進一道光
你的愛人站在那道光中。
起初他躡手躡腳，繼而便張牙舞爪。
你怎能和他坐著馬車在鎮上狂奔呢？

真是瘋了！你涉世未深
太深的孤獨給了你藉口。
你點燃了裸露在岩石上的黃昏，然後大醉
之後我想，你應該是對的
你抵死捍衛了貞操
也捍衛了神聖家族的怪癖
就讓他在那個沒有窗戶的房間中死吧
以灰塵示人，以你所理解的方式
將愛、將仇恨、將遺世的驕傲殺死吧
你處女的床上，蓋上了愛情的石棺
你有權力這麼做，腐朽歲月的權力！

控訴——致內莉·薩克斯

黃昏已近
那火焰的句子……
對於一個喜歡軍裝的少年老人
對於一個被濃煙嗆死的中年男子
你已經說了太多
對於煙囪上方的那片烏雲
時間從未改變，控訴，像燃燒的煤球
既沒有讓毒蠍之心變得柔軟
也不可能使蒙昧之夜變得澄明

我們都生於盛產詩歌的國家
我們都曾經敏感而優雅

少年老人，是那個飢餓時代
從煙囪中逃出去的刺鼻的幽靈

鮮花在毒氣中敗死
那絕不是唯一的一次

不幸的是我已經老了
卻仍在午夜讀你的詩，昏睡中讀

沒有一首能從頭到尾讀完
也沒有一首能夠放下

它意味著我們再也不可能有一個完整的睡眠
我們共同的朋友保羅・策蘭投河自盡了

內莉・薩克斯

那被濃煙嗆死的，如今正以新的式樣寫墓誌銘

手術刀的記憶

一直夢見你，也只能是夢見
手術刀的下午延續著
我呢，大膽地幸福著，像田野上的光
只能是你，英俊無比
當一個小男孩進入年邁之時
才會像窗外的影子一樣出現
我和影子的血緣關係使我可以發問
可是該問些什麼？問你的手術刀
是怎樣從暗處遞到我手上的？
只能是暗處
你成了我的榜樣
光頭、兩眼直視
我們似乎說過什麼，一定說過些什麼

比如雨傘，我淋濕了，淋了整整一個下午
比如飢餓，你在地窖中藏著的半個紅薯……

活人和死人
此時都站在我面前
手術刀也在
只能是流離的一生
我們才在夢裡見
我們不說話
如今我能想起的仍然只是那把手術刀
和一個荒蕪時代的胡言亂語
而你直視前方，始終都是我的榜樣

天生的自殺者——致希薇亞・普拉斯

我冥想了多年。沉船。血汙。你所飼養的月亮……
我們的神經糾纏在一棵樹上
在某個懸崖
雲是被粉紅和粉藍的血管裹緊的
我們用同一根臍帶勒住命運的小脖子
直至我的陰莖斷裂
而你月經的水母傳來了迷宮的轟鳴
你會害羞嗎？你太害羞了
怎能不害羞呢？迷宮中的少女
是怎樣一夜白髮的？而且，狂舞！
你怎能如此啊，你露水的心太亮
這世上有人天生會自殺——殺死生活
你的錯在喃喃自語中披髮到了河邊

在凶惡的雲層上
憤怒從不來自別處
只來自自身的祕密
有太多的結，太熾烈的愛，太強大的假想敵
讓你終其一生在巨浪中歌唱
有太多的死積攢在一起，變成廣大無邊的曠野
而你獨自一人，獨自燃燒

我是迷失者之一
我的第一次撞擊事件發生在十六歲的傍晚
一路的尖叫……
我讀你的詩，也把猥瑣的中國詩歌獻給了你
黃昏燃遍西北，江南一派頹喪
你烙鐵的手令我背叛
一群鳥驚悚地撞向了美利堅某所大學的鐘樓
你，你的激情只能發生在月蝕之夜嗎？
當我把箭射向黑夜的走廊
當我吹滅那盞孤單的馬燈

當我絕望的吻在空氣中和你的吻相遇
我知道末日已近
無外乎想活著，高處不勝寒
而你已轉身
你轉身的那一刻
詩歌的絕壁發出了陣陣迴響
你壁虎的假象告訴我你還活著
我卻真的死了，死於何時何地？

蟲子——看電影《史達林死了沒？》

我再一次使用這個詞
人肉炸彈和糖衣炮彈我一樣熟悉
我忍不住——操！
還有鏗鏘玫瑰，爆粗口的麥克風
戰壕裡的碎肉，這個夜晚真黑
蟲子們看著牆上的那幅畫像
左派以蛇形隊列踩踏我們沉默的影子
那個強姦幼女的人
已開始對二千年前的女屍下手
出身可疑的渣子在一旁吹著嗩吶
深秋的紅旗下，右派們瑟瑟發抖
我去過的黃土高原
長著好看的罌粟花

三幾個人正在密謀
主義的炸藥埋進了橋和路口
你發呆，神經緊繃，猶豫著要不要像掐死蟲子一樣
掐死你擬好的新標題
文字的蟲眼顯示出呢大衣的敗相
你知道天早晚會變
右派得意之時
愛情和詩歌都曾在後花園迷醉
怯懦的中間派擅長修理
可屋漏偏遇下雨
一個人打個噴嚏
全城的人都沾上了鼻涕
我知道有太多的人在歌唱
也有不少人在詛咒
我蜷縮一角，某個尖銳的邊緣之夜
膽怯、憤怒、幸災樂禍
忍不住又看了一遍《史達林死了沒？》
主席團成員在厭惡中輾轉反側

一封信以低微的咒詛要了他的命
此時我感到渾身發癢
千萬隻蟲子從檔案館的文件袋裡跑出
它們進入我的衣袖
爬滿我頻繁自慰的右手
它們玷汙了少女的嘴唇
讓人們湧向街頭，齊聲歡呼
可興奮的人們並沒有察覺到
這個夏天其實是蟲子的夏天
沒有什麼左派、右派
也沒有了高懸城牆的畫像
只有蟲子
蟲子就是主義　就是凱歌　就是汙點證人
就是——他媽的真理和真理名下的強盜、妓女、殺手、土匪、偽弊製造者、新聞中心、股票交易所、馬場、按摩店、黨委宣傳部、婦聯和作協……
蟲子占領我們，令我們一次又一次過著組織生活
也讓我們在烈士園陵哇吐

可吐出來的還是蟲子
早晨，它們陰魂不散，飛滿了整個天空
掌聲再次響起
一群人在絕望的樓臺上高呼萬歲……

小黑魚——紀念一九八六年的布爾津河

我懷揣那封信，穿過沼澤地

時間彷彿是黎明
一行人驚魂未定，來到河邊

曾經以月亮之手，輕撫你光滑的身體
黑色的光如一顆心，在巨大的渦流裡跳動

那把我領到河邊的是神祕的恐懼
你的夢在遠處遊，光在水裡
發出一條魚的響聲

多少年過去了，我仍會聽見有人敲門

可又貪戀你曉夢初醒時的呢喃
從我的詩歌中發出的是你的輕歎
在一道光中遇見的是一小滴眼淚

死，曾經是我們的話題
刺客也是——當我從某種危險中逃離

我知道總會和你相遇
在歲月的波光中

這個世界沒有岸
我知道你還在，正如我知道我未曾因一首詩成名

艾利斯

艾利斯，一根繩子勒得那樣緊
此時星空在疼，冷不丁的疼
你的中文名叫朱哲明，十八歲
那個下午過生日
你和你的朋友被掛在了一塊車皮上

你有一個女朋友叫Anya
她應該也有一個中文名字
叫梅，或者琴，或者韻兒，我記不清了
太多的人在被捕
她倒在地上，大聲喊——
我叫Anya，我不會自殺！

艾利斯，我就要離開了
來不及去山上看一眼
那些墳是那麼小，比你的年紀還小
那條沒有名字的山間小路，讓活著的人揪心

滿世界人與樓擠壓著
此地的山與海卻如此舒展
大家都在說未來不遠了，只看誰活得長
可上帝允許一隻肥胖的手在暗處擼管
玻璃窗上的致幻劑
上演了一些你們不瞭解的歷史

一根繩子勒得那樣緊
那隻肥胖的手到了高潮
艾理斯，你們，扭過頭去

空麻袋

傍晚，用一把錐子扎空麻袋
像極了某天的心情
麻袋裡裝的究竟是什麼？
錐子跟它有仇嗎？
「不！」——錐子說——
「必須愛過
才會有仇」

所以麻袋其實是空的，它可以裝下一切

多麼真實的一天
錐子扎出了一張如此空洞的自畫像

至78頁

那條街曾經是完整的
光碎掉
你像一個頓號，停在那裡
風，像一隻飛不動的痲雀
試圖破鏡重圓的人，在山上
就像一棵被雷電擊中的樹
你走來走去，打撈著什麼
你心生幻象

其實只是度過了一個下午
有書陪伴
風吹動書頁
至78頁……

行路者

更多的欲望，更經典的反抗！
行路者來到這裡
他抬頭，看見往事驚悚的臉
荊棘叢中，一群麻雀像上帝的省略號

他輕撫紅色砂岩
某些事情扼腕，另一些掩面
時間以褶皺之影浮在池塘上

他轉身，以一腔怒火轉向蒼涼暮色
愛與恨擰成萬古繩索

更多的蝗蟲，一地雞毛，天上有鼓聲播動

行路者穿過城牆
消失在夜色之中

故鄉

窗外的樹隱藏著河流的心事
潛入彼地的夢靜看窗外的風景
你的輕歎，山上的風已經聽見

故鄉，我說出這個詞
一條老街便飄來你的氣味
雲在流放中回眸
馬燈被吹得東搖西晃

故鄉，我這樣默念
一直這樣默念

那以瘖啞的地方戲款待我的

是鏡中的人影
鳥飛撲在煤氣燈下
變臉的人兒熱鬧又憂憤

鏗鏗鏗鏗——鏗
那定音的是一個斷腿的人
鏗鏗鏗鏗——鏗
那終止的哲學成全了一生

二胡在河邊拉出了一片白花
霧中的橘樹隱約可見
四十年前的影子成了中心
故鄉，我這樣默念
一直這樣默念

我在池塘邊牽你的手
一盞風箏便斷了線

我在千里之外看一棵樹
父親灰白的翅膀便輕輕掠過

檸檬色的夜晚

彈鋼琴
檸檬色的夜晚彈鋼琴
冷清的燈彈川端康成的《雪國》
一條街收留了一個旅人

我在窗玻璃上畫圓圈
窗子以長方形抵制
窗子是冷的
你像一片雪溶化在玻璃杯裡

彈鋼琴
窗子在斜風細雨中彈鋼琴

冷清的燈在彈他自己的《雪國》
一條街收留了一個孤兒

另一種看

另一種看來自虛幻的影子
它熟悉寂靜
來自死亡的雪飄落在夜晚

來自月光的那只瓶子
曾經裝滿瘋顛，現在裝滿空

把你拉直，把那些被弄彎了的鐵和心拉直
像魚鈎，去探黑夜的底
你漆黑的心，在保羅・策蘭說永不的地方

另一種看來自於砂礫的狂舞
灰燼在收到你的信時還是熱的

之後它變冷，當你的死像一張殘破的舊報紙時

你可愛的面容來自遠處的湖
雲在湖裡游弋
你的屍體在高高的雲層上放牧

當我把一根骨頭給你
當我寫下一個詞
之後就再也寫不出另一個

你的背透出巨大的荒涼
另一種看將成為曠野的寓言
流浪的馬蹄將荊棘點燃

薄霧的早晨

薄霧中一隻貓在幽深的院子裡冥想
餐桌上是昨夜的玫瑰
和比玫瑰更冷的心情；
風暴在杯碟中，年代久遠
你像是已經來過。
寂靜，是一間空房子
晨報凶殘的標題，一些人的紙上乾坤；
我邊喝茶，邊點燃煙斗
壞天氣避無可避，事件啞然出場
聽，一定要在閉目之時。
咋晚的月亮已萬分疲倦
我們都在討好舊時光。
九點，電話響了，鈴聲突兀

事情總是不期而至
可憐的貓擔心被人忘記；
遠處傳來陌生的消息
電影裡有船的警報聲
任何事情都可能驚悚，比如那個人掉進了井裡
比如你的城牆破了又敗。
乾枯的花碎在一頁書上
我輕輕合上你月初寄來的詩集。
史蒂文森在保險公司開晨會
回家的路上觀察鳥和雪山；
萬物生，只要面前有鏡子
你就會隨風而來
而我致意遼闊的天空
消失在薄霧之中……

綿長的夜

所謂綿長，只是因為你失眠了
萬物延遲之時，你的花如此迷失
你脫下胸衣的一瞬間，窗外雪花飛舞
你將影子撕開兩半時，閃電正急
你的心如臨深淵時，有人在敲門

已到了我上演之時，私人小演院
劇情正濃。
你在暗處握我的手，我想，雪地上的馬
將向斷崖疾馳
何必驚叫呢？你已握住我的手
我握住的卻只是空

疲倦

想起這個詞，想起它的形狀與滋味
——呼的一聲，它褪了容顏
發灰，變冷，整夜無眠。
它是方的嗎？很尖銳嗎？
它凸凹不平，像煤渣，出了爐
像遠處的咳嗽，陰晴不定，伴隨你一生
它扎你的影子，不是用針
它汁液芬芳，呈檸檬黃

呵，疲倦！令我想起一隻皮球
它順著山坡滾下去
它在跳，在一個空房間裡，跳！
我路過高聳入雲的教堂

站在萬人齊聚的廣場上
黑壓壓的人在祈禱
黑壓壓的人在高呼口號
它在跳，疲倦，整夜整夜
就算掉進了口袋，也在跳

那個玩瘋了的下午，太累了，可是也興奮
我說：別跳了，我們要戀愛呀
我們要安靜啊
轉眼之間，我們就老了，連同無力的黃昏

它還在跳
不是累，而是一種精神
令我心生幻覺
不要再跳了！我說
像一隻泄了氣的皮球
像我，對著空蕩蕩的夜晚
如此疲倦！

雲天——致張棗

失眠的攪拌器批量生產
你訂貨，你的前生給了地址

月亮，卑微的逃犯
長久以來
你埋下引線，卻始終沒有聽見爆炸聲

等待，散發出難聞的氣味
春天掛在膽戰的枝頭
憤怒比吟誦更無端
一隻死兔子在露臺上吹陳年的笛子

你試圖投身過水波

藉著月光看自己
多深的倦容，「燈芯絨幸福的舞蹈」

所謂雲天，不過在鏡中自話自說
玫瑰在天上開，手有餘香的陰雨天
延續在迷幻之中

稿子上有你病床的編號
你接到的最後一個電話可能是神的嘟嘟聲
你握著話筒，輕微地笑了

幾行既像開頭又像結尾的詩貫穿了一生
你留下了一些短的，長詩卻很幸運
冥冥中已經被你帶走

致青春

牆上的顏色讓你突然煩躁
你盯著它看，看見無數線條和圓圈纏繞
你的焦慮和一杯白開水放在一起
陪伴你的是一隻衰竭的貓

遠處，死人壓倒一大片麥田
閃電像瘋牛在曠野上說話
天空無緣無故，只是想有人哭

只是想有人反抗，像血或節氣一樣反抗

無端的河流奔流而至
等待，意味著你在夢中

你的信在另一條路上
午夜時分，你拖著濕漉漉的影子出來
漩渦般的顏色發出驚叫
這一天恰如那片被壓倒的麥田
沙林傑的麥田，讓人發慌

風中的影子是一個動詞

傍晚的花是個否定詞
在花叢中睡覺是一個動詞
你忐忑不安，去敲一扇門
漆黑的走廊沒有人應

走廊盡頭的微光是個象聲詞
逝去的歲月是一個形容詞

在昆明湖渾濁的黃昏
我撿到一面鏡子
暮色中的城牆是一個虛詞
照鏡子的你是個否定詞

天空在雲層中開白花
雲和白花都是感歎詞

你是否又在幻想？
露水的輕歎是一個代詞
借屍還魂的槐樹下，影子仍在彈三弦
風，吹過我一九八五年的院子

從食指長出的刺
成了眼裡的挑針
煙花三月，光顧著抒情
燕子繞樑，應和著蓮花的心事
蓮花的心事是個代名詞
風中的影子，多麼希望它是一個動詞

在臺北

早晨被餐刀切成三片
絳紫色的果醬讓人忍不住想舔

市民友善之地薄霧飄逸
天空分隔出一個格子與另一個格子
碼頭上的待卸之物
被海關疑為成噸的記憶

城牆在虛幻的山上逶迤
破碎的石頭下有聲聲蟲鳴
夜裡的花該如何和一隻鳥親嘴？
那些舊事已變得如此溫順

在臺北，地震隨時可能發生
我想了又想
通過一行詩開始語言試驗
空虛的汽笛聲進入第二十一行
絳紫色的果醬讓人忍不住想舔

訪艾希伯里不遇

秋天有許多撕掉的日曆
我驅車前往，緩緩穿過老城區
停在你樓下的一片暗影中
你詩歌花園的柵欄前
我望了一眼暮色中的百葉窗
想起那張報紙我也曾讀過
你習慣半夜起床，紙簍裡常有白天扔掉的詩句
隨風而起的是一小片落葉

安靜地坐在窗前
你看得見樹下的貓
我也聽得見杯盞的聲音
似乎有淡淡的歎息

我們都從漫長的舊日子中回來了
「你好嗎？還認識我嗎？」
我問，也許，你也會問同樣的問題

花園裡長出了幾株我不認識的花
還有一些不明來歷的東西：樹、十字架
兩隻松鼠、一段往事
我來過了，又緩緩離開

不經意留下了三分之一的煙蒂

五十七歲，幾乎完全相信
是詩在寫我而不是我在寫詩
這句話你好像也說過
正如我前去拜訪，你倚窗而問：誰啊？

2017

2017，那個人死了，那個
讓詩歌指向無意義的人
在逗號中結束了一段戀情
那隻鳥結束了一首詩的命運
暴躁的深海魚結束了前往彼地的潛游
我結束了讓人一聞就想死的空氣
死是一個貶義詞嗎？
麥子在風中不是死了而是熟了
因此2017，我從北方的一所監獄
來到了即將成為監獄的銅鑼灣
樹洞在波光中飛
下午在白色的迷幻中脫落
手握2017就像手握一條死魚

在暗處擼管就像老鼠在數銅錢
當我寫這首詩時，山上的石頭已經亂了
輪盤賭在哈欠中說——我們沒資格說
愛！那何人又有資格從事人類的實驗？
比如將一根管子插入河流……

注：那個讓詩歌指向無意義的人，特指艾希伯里，他於2017長眠於紐約。

現實就是失眠

現實就是失眠，就是在晦暗中
與一個影子碾轉反側
我一直在斟酌
也許不是現實
而是一把刀劃開頭皮時的記憶
你看，你都決定洗手不幹了
又怎能在乾坤顛倒中換一個詞？
任何一個詞都含混無力
包括這首詩，包括窗外被風吹斷的樹
現實就是失眠嗎？你再一次問
牆上的鐘在八點轉身
你捧著一壇灰燼，向花園走去。

讀巴赫曼

如果一條河浩浩蕩蕩那就讓它浩浩蕩蕩
如果死時相信大海那就相信大海

早晨，泥濘路上的轟鳴聲像一朵催情的花嗎？
兔子，當我想像你的白色時，我膽怯了
我的一條腿掛在時針上
秒針，像慧星的尾巴
易逝而閃亮

窗戶以驚愕之眼在露天呼吸
愛情長出的枝葉總也遮不住你的眼睛
晚風中，朝向鮮花的身影多麼嬌羞
你的圖像集被一個頹疲的下午翻開

如果人生像傍晚剝開的洋蔥那就讓它像洋蔥
如果一條魚在夜裡游那就讓它游

讓我留下眼淚的是一雙垂下的小手
你停在那裡
如果死亡浩浩蕩蕩那就讓它浩浩蕩蕩

如果夜晚再次空出那就讓它空出

如果讀巴赫曼會產生愛情那就產生愛情

就讓我們再聽一支曲子
或者，看著尖屋頂在空曠的冬天哭！

注：英格柏格・巴赫曼（Ingeborg Bachmann，一九二六—一九七三），奧地利女詩人。

嗯

嗯，早晨起來，我聽見這聲音
昨晚的夢終於變溫順了。
打開窗，撫摸一張嫩綠的臉
其實是一片葉子在撫摸這個早晨。
一滴水滴下——
空
的一聲。
貓跳下來，看著園子裡的繡球
像是發現了什麼祕密。
我打開報紙，它割破了我的手指
我輕輕一笑
放棄了與一大版文字的爭論；
我只聽見，也只發出

嗯的聲音
這是一個小女孩昨晚在夢裡教我的。
我們戀愛了
所以，一早醒來
能有這樣溫柔的聲音——

嗯

貓空－中國當代文學典藏叢書1　PG2657

時間的傻姑娘

作　　者　唐寅九
責任編輯　孟人玉
圖文排版　蔡忠翰
封面設計　劉肇昇

出版策劃　釀出版
製作發行　秀威資訊科技股份有限公司
114 台北市內湖區瑞光路76巷65號1樓
電話：+886-2-2796-3638　傳真：+886-2-2796-1377
服務信箱：service@showwe.com.tw
http://www.showwe.com.tw
郵政劃撥　19563868　戶名：秀威資訊科技股份有限公司
展售門市　國家書店【松江門市】
104 台北市中山區松江路209號1樓
電話：+886-2-2518-0207　傳真：+886-2-2518-0778
網路訂購　秀威網路書店：https://store.showwe.tw
國家網路書店：https://www.govbooks.com.tw
法律顧問　毛國樑　律師
總 經 銷　聯合發行股份有限公司
231新北市新店區寶橋路235巷6弄6號4F
電話：+886-2-2917-8022　傳真：+886-2-2915-6275

出版日期　2022年2月　BOD一版
定　　價　450元

Printed in Taiwan

讀者回函卡

國家圖書館出版品預行編目

時間的傻姑娘 / 唐寅九著. -- 一版. -- 臺北市 : 釀出版,
2022.02
面； 公分. -- (貓空-中國當代文學典藏叢書 ; 1)
BOD版
ISBN 978-986-445-595-9(平裝)

851.487 110020721